이별의
김포공항

KB105987

박완서                 **이별의 김포공항**

# 차례

# 이별의 김포공항

노파는 손녀의 오늘따라 유별난 친절이 거북하다 못해 슬 그머니 심통이 난다. 흥, 내가 미국을 가게 되니까 너도 별수 없이 나에게 아첨을 떠는구나, 누가 모를 줄 알구……. 노파의 소견머리는 고작 이쯤밖에 안 움직인다. 그만큼 노파는 식구 들의 지청구에만 익숙해 있다.

제 에미를 닮아 새침하고 곱살스러운 데라곤 손톱만큼도 없던 손녀딸년이 할머니 서울 구경을 제가 맡고 나선 것도 수 상한데 박물관에 들어오자 등에 손을 돌려 부축까지 해 주며 저것은 법주사 팔상전을 본뜬 것, 저것은 불국사의 어디어디 를 본뜬 것 하며 열심히 설명까지 하자 노파는 무슨 말인지 하 나도 알아들을 수 없거니와 친절 그 자체를 받아들이기에도 너무 서투르다. 손녀가 환성을 지르며 손가락질하는 데를 바 라보며 집 한번 으리으리 잘 지어 놨다 싶더라도, 흥 저까짓 거 미국엔 백 층도 넘는 집이 수두룩하다는데 곧 미국 할머니 가 될 내가 저까짓 것에 놀랄까 보냐고 코방귀를 뀐다.

머리숱하며 몸집하며 이목구비가 자리 잡은 간살하며 어

7

디 한 군데 넉넉한 데라곤 없이 옹색하고 박하게만 생긴 노파가 남을 얕잡을 때만은 갑자기 의기양양하고 되바라지며 밝고 귀여운 얼굴이 된다. 꼭 불이 켜진 꼬마전구같이. 요새 이 꼬마전구는 꺼져 있는 동안보다 켜져 있는 동안이 훨씬 많다.

노파는 곧 미국을 가게 모든 수속이 다 끝나 있다. 딸의 덕에. 노파에겐 이 딸의 덕이라는 게 암만해도 진수성찬 끝에 구정물 마신 것 모양 꺼림칙했지만 아들 넷 중 맏이만 빼놓고 세 아들이 다 미국에 있다는 생각을 하면 다시 고개가 빳빳해지며 당당해진다. 노파에게 미국이란 우선 먹을 것, 입을 것이 지천인 부자 나라도 되었지만, 서울 장안만 한 넓이의 고장도 되어서 딸하고 수틀리면 아들네로, 그 아들하고도 틀리면 다음 아들네로 몽당치마에 바람을 일으키며 한걸음에 달려갈 수 있는 것으로 되어 있다. 그러나 실상 노파의 자식들 중 미국에 있는 건 딸뿐이고, 둘째아들은 서독에, 셋째아들은 브라질에, 넷째아들은 괌도(島)에 가 있다.

세 아들들이 어쩌다 일이 잠깐 빗나가 지금 미국 아닌 고장에 뿔뿔이 흩어져 있긴 하지만 그들의 당초 목적은 미국이었고 미국으로 이민 갈 연줄을 찾아 눈에 핏발이 서 동분서주할 때부터 노파는 "미국, 미국, 미국에만 갈 수 있으면!" 하는 아들의 잠꼬대 같은 탄식 소리를 귀에 못이 박히게 들어 왔고, 그러는 사이에 노파에게 미국이란 가기는 힘들지만 갈 수만 있으면 그야말로 누구에게나 금시발복의 땅이라는 고정 관념이 뿌리박았다. 노파의 아들들은 미국에 있어야 했다. '서독'이니, '브라질'이니, '괌'이니는 서울의 누상동이니 아현동이니 청진동이니 하는 것처럼 미국 속의 어떤 동네 이름쯤으로 족했다.

하다못해 브라질이나 괌을 우리나라의 서울 부산쯤으로
멀찍멀찍 떼어 놓고 생각할 만큼의 소견도 노파에겐 없었다.
그도 그럴 것이 구파발의 찢어지게 가난한 농사꾼의 딸로 자
라 서울로 시집이라고 온답시고 겨우 무악재 고개 너머 현저
동 떠돌이 막벌이꾼한테로 시집와서 그 동네에서 자식 낳고
난리 겪고 과부 되고, 혼잣손으로 자식 기르느라 고생하고, 속
썩이고 하는 새에 세상 구경은 고사하고, 서울 구경 한번 제대
로 날 잡아 해 본 일이라곤 없는 노파였다.

해 봤다면 아마 철없는 새댁 시절 선바위 국사당에 큰 굿
이 들었단 소문은 바로 선바위 밑의 동네인 현저동 일대엔 곡
마단 소식처럼 빠르게 퍼졌고, 곧 닐니리 덩더꿍 하는 피리 장
구 소리가 자자하게 들려오면 워낙 구경도 좋아하거니와 서
발막대 거칠 것 없는 살림살이라 홀홀 털고 일어나 동네 조무
래기들과 어울려 엉덩춤을 추며 선바위로 치달아 온종일 굿
구경을 실컷 하고 내친 김에 인왕산 성터까지 올라가 굽어본
서울.

언제나 남들처럼 나들이옷 차려입고 동물원이랑 화신상
회랑 동양극장이랑 구경을 해 보나 생각하면 심란해지고 울
컥 친정 생각까지 치밀어, 북으로 구파발 쪽을 바라보면 불과
삼십 리 밖이라는 친정이 하도 아득한 산 너머 또 산 너머라
그만 울음이 북받치던, 그게 바로 노파가 본 가장 넓은 세상
이었으니, 지금도 이 세상의 크기를 그때의 그녀 시야(視野)만
한 됫박으로 측량할 수밖에 없지 않겠는가.

하다못해 육이오 난리 통에 남들 다 가는 피란이라도 가
봤더라면 노파의 세상을 되는 됫박이 좀 후해졌을 법도 한데
그도 못 해 본 노파다. 처음으로 내 집이라고 장만한 현저동

막바지 오막살이가 폭격에 폭삭 주저앉고, 남편 죽고, 수복이 되자 기둥처럼 의지하던 맏아들마저 군인 나가고, 올망졸망 딸린 밥바가지 어린것들, 그뿐일까, 지지리 고생 끝에 망신살까지 뻗쳐 남 같으면 단산을 하고도 남을, 마흔 살을 네댓이나 넘어선 나이에 배 속에 유복자까지 있고 보니 아무리 중공군이 무섭대도 움직거릴 형편이 못되었다. 숫제 죽어 주었으면, 배 속에서 죽든지 낳다가 죽든지 아무튼 꼭 죽어 주었으면 하고 바라던 배 속의 것은 죽지 않고 태어났고, 딸이었고, 지금 미국에 가 있는 막내딸이자 고명딸이다.

그 딸자식이 에밀 미국에 데려가! 개천에서 용이 나도 분수가 있지, 하긴 위해 기른 자식보다 천덕꾸러기 자식 덕을 본다고들 하더니만.

자식의 효도를 후광 삼은 자신을 의식하자 노파는 한층 거드름을 피우며 서투른 갈지자걸음을 걷는다. 박물관 내부로 들어서자 사람들이 줄을 지어 유리장 속을 들여다보며 천천히 움직이는 게 아마 구경거리가 대단한 모양이다. 손녀의 손길은 한층 친근해진다. 관람객이 예상외로 많아 행여 할머니를 잃어버리기라도 할까 봐 겁이 나서인지 숫제 할머니 허리를 한 팔로 꽉 감아쥐고 교묘히 인파를 헤쳐 유리장 앞으로 뚫고 들어간다. 손녀는 아직 어린 나이인 데 비해 키가 훤칠해 노파보다는 모가지 하나는 더 크다. 단정하게 차려입은 감색 교복에 흰 깃이 청초하다.

무슨 휘황한 금붙이라도 들어 있는 줄로 여겼던 유리장 속엔 뚝배기 조각에 이지러진 질그릇 나부랭이가 들어 있다. 노파는 어이가 없다. 그러나 손녀는 눈을 빛내며 이것은 무문토기, 저것은 빗살무늬토기 하고 어려운 말로 설명까지 하려

든다.

쯧쯧, 이것도 보물이라고 이렇게 으리으리한 집에 모셔 놨으니 한심하군 한심해. 게다가 뚝배기면 뚝배기, 사금파리면 사금파리지 아니꼽게시리 뭔 이름도 그렇게 지랄같이 유식하게 붙여 놨노.

노파의 표정은 꼬마전구 같은 귀여운 오만에서 차라리 남남스러운 연민으로 바뀐다. 소녀는 노파의 이런 연민을 읽자 가슴이 답답해지며 어떤 절망에 빠진다.

소녀는 안다. 소녀는 여러 번 보아서 알고 있다. 바로 저런 남남스러운 메마른 연민이야말로 비행기 표까지 끊어 놓고 나서 떠나는 날까지의 마지막 얼굴이라는 것을. 삼촌들도 그랬었고 고모도 그랬었다. 소녀는 지금 서독에 있는 큰삼촌, 괌에 가 있는 셋째삼촌, 미국에 가 있는 고모를 생각할 때마다 그들 개개인의 특징이 그녀 기억 속에서 점점 흐려지는 반면, 그들이 어떻게든 외국으로 뜨기로 작정하고, 그 연줄을 찾고 수속을 밟느라 쏘다닐 당시의 그들 공통의 몸짓 — 흡사 덫에 걸린 들짐승의 몸부림이나 난파선의 쥐들의 불온한 반란이 저러려니 싶게 지랄스럽고 발악적인 몸짓만은 날이 갈수록 도리어 생생하게 기억하고 있다.

그들은 당초에 하나같이 미국에 가기만을 원했다. 난리통에 아버지 여의고 어린 나이로 손쉬운 대로 미군 부대 주위를 맴돌며 구두닦이니 하우스보이니를 하며 잔뼈가 굵고, 부대의 잡역부가 되기도 하고, 장교 식당 웨이터가 되기도 하고, 그러는 사이에 제법 영어 회화에 자신이 생기기도 했고, 말을 하다가 애매한 대목에 가서는 어깨를 움찔 추스르며 입을 삐쭉해 보이는 양키들 특유의 제스처까지 익숙해 갔다. 그러나

한 해 한 해 미군은 감축되었고, 어느 틈에 그들도 미군 부대 내에서의 직업을 잃게 되었고, 한국 기관에 직장을 구하려니 학벌이 없다는 설움이 톡톡했고, 이런저런 열등감과 영어를 잘한다는 우월감의 콤플렉스가 필연적으로 그들을 미국행으로 몰았는지도 모른다. 또 가난이 극심했던 어린 시절, 그들의 동심이 최초로 눈뜬 이 세상의 신비와 경이가 바로 미제(美製)와 달러에의 경이였으니 그 본고장에의 동경이야 당연하지 않겠는가.

그들이 미군 부대에서 떨려 나 몇 군데 한국 기관의 말단 노무직을 전전하다가 결국 그들 말짝으로 '더럽고 아니꼬워서 정말 못해 먹겠어'서 미국으로 날기로 결심을 하고 눈에 핏발이 서 싸다닐 무렵의 집안의 복다구니와 난장판은 소녀가 아직 어린 시절이었는데도 악몽처럼 잊히지 않는다.

미국으로 이민 갈 연줄을 생판으로 뚫어 내려니 더러는 해외 취업을 알선한답시는 사기꾼한테 당하기도 하고, 교제비도 수월찮게 드는 모양이었다. 소녀의 아버지인 맏형은 동생들이 벌어다 보탤 땐 좋았어도 뜯어 가는 데야 부처님이 아닌 바에야 고운 소리가 나올 턱이 없으니, 싸움질이 그칠 날이 없었다. 형제간에 싸움질이 무르익으면 반드시 곁달아 고부간에 싸움이 악다구니 쳤다. 노파는 작은아들 편을 들다가 며느리는 남편 편을 들다가 자연히 그렇게 되고 마는 모양이었다.

두 패의 고함과 악다구니에 가장 자주 오르내리는 말은 그저 미국, 미국, 미국이었다. 미국, 미국, 미국…… 미국 어쩌구저쩌구, 미국 이러쿵저러쿵.

"이놈아, 미국이면 다냐? 집안은 기둥뿌리가 물러나도 미국에만 가면 너 누가 거저먹여 준다던. 미국에 가서 돈 벌 놈이 여기선 왜 못 벌어. 인제 정말 진절머리가 난다. 네 미국 치다꺼리. 동생 미국 보내는 것도 좋지만 나도 내 자식을 먹여 살리고 봐야지."

"흥, 형이 날 공불시켰소, 뭘 형 노릇한 게 있소? 미국에만 보내 달라는 것밖에. 미국만 가면 그까짓 돈 열 배로 늘려 갚는다구요. 형이 그럴수록 나는 미국에 가고 말아요. 미국에 가야 난 사람 구실 한단 말예요."

"여보 내버려 둬요. 제 재주껏 미국엘 가든지 천국엘 가든지 우리야 굿이나 보고 떡이나 먹읍시다. 당신도 자식새끼 거지 안 만들려거든 인제 그 말 같잖은 허황한 소리에 작작 솔깃해하고 일찌거니 속 차려요. 흥, 미국은 뭐 아무나 가는 줄 알구…… 못된 송아지 엉덩이에서 뿔 난다고, 집안이 망하려니까 어디서 미국 바람은 들어가지고."

이쯤 되면 가만히 듣고만 있을 노파가 아니다.

"아니 이런 앙큼한 년 봤나. 듣자 하니 못하는 말이 없구나. 시동생이 돈 벌어다 보낼 땐 아가리가 함박만 하게 헤벌어져 가지고 맛있는 것도 삼촌 거, 따뜻한 것도 삼촌 거 하며 알랑을 떨더니 이제 와서 뭐? 이년, 내 아들이 벌어다 바친 돈 냉큼 내놔라. 요리 뺏고, 조리 뺏고, 장가갈 밑천하게 계 들어 준다고 뺏고, 적금 들어 모갯돈 만들어 준다고 뺏고, 그 돈 다 어쨌니? 썩 내놔라. 내 손으로 당장 미국 보낼 테니. 아이고 분해. 맏며느리가 딴 주머니 차는 집안이 안 망하고 배겨. 아이고 분해. 내 팔자야."

이렇게 되면 소녀의 아버지는 아가리 닥치고 국으로 처박혀 있지 못하겠느냐고 소녀의 어머니를 한 대 쥐어박고, 얻어맞은 어머니는 큰 소리로 통곡을 하고, 할머니는 나를 쳐라,

나를 쳐, 에미 대신 계집 치는 네 속셈 누가 모를 줄 알구 하며 마룻장을 두드리고, 삼촌은 나는 외로운 놈입니다, 나는 불쌍한 놈입니다, 아무도 내 마음은 모릅니다, 하고 연극 대사 같은 독백을 하고 소녀는 지금 생각해도 그때 그 사파전(四巴戰)은 누가 누구하고 어떻게 편을 짠 싸움인지 켯속이 도무지 아리송하다.

끝내 일이 뜻대로 안 돼 결국 미국행은 단념하게 되었지만, 그렇다고 외국행을 단념한 것은 아니었다. 미국행이 목적이 아니라 우선 이곳을 떠나는 게 목적이었다. 일단 떠나기로 작정하고 몸보다 마음이 먼저 떠 버리고만 제 집, 제 나라에 좀처럼 다시 정이 들게 되지를 않는 모양이었다.

공연히 신경질을 부리고, 눈을 부라리고, 입이 거칠어지고 꼭 누가 자기를 옭아매 두기라도 한다는 듯이 몸부림을 치고 발광을 해 댔다. 하릴없이 덫에 걸린 들짐승의 몸부림이었다. 술만 먹었다 하면 이런 혼자만의 몸짓이 식구나 세간에까지 피해를 주는 난동으로 변하고, 제풀에 지치면 배우지 못한 게 한이라느니 기술 없는 게 한이라느니 하며 계집애처럼 홀짝거리다가 잠이 들었다.

그러면서도 뒷구멍으로 무슨 수를 썼던지, 어디를 어떻게 들쑤석거렸던지 제가끔 서독이니 브라질이니 괌이니로 일자리를 얻어 갈 연줄을 찾아내고야 말았다.

그러나 그 수속을 밟는 동안에도 발광증은 더하면 더했지 가라앉지를 않았다. 수속을 밟다 보면 항용 복잡하고 까다로운 대목에 부딪히게 되고, 그럴 때마다 행여 일이 잘못돼 전번 미국행처럼 좌절을 겪을까 봐 미리 질겁을 해서 필요 이상 초조해했다.

늘 안절부절못했다. 집에 있을 적에도 궁둥이를 붙이고 앉았지를 못하고, 양손을 바지 포켓에 찌르고 어깨를 우그리고 험악한 인상을 쓰고는 아랫목에서 윗목으로 윗목에서 아랫목으로 왔다 갔다 하기를 시계불알처럼 지치지도 않고 반복하며 중얼대던 독기 서린 독백, "쌍, 엽전들 하는 짓이란 그저 치사하고 더러워서……. 쌍, 나도 오기가 있는 놈인데, 암오기가 있구말구. 그저 한번 떴다 하면 내 다시 이놈의 고장에 돌아오나 봐라. 오줌을 깔겨도 이놈의 고장에다 겨냥하고 깔겨 줄걸……."

어쩌구 하던 것까지 소녀는 지금도 기억하고 있다.

양말이 안 해져서 또 육갑 떠는군 하고 소녀의 어머니는 뒤에서 빈정댔지만, 소녀는 그 당시의 삼촌들의 모습을 회상할 때마다 웬일인지 삼촌들의 발목에서 절그럭절그럭 쇠사슬 끄는 소리라도 났던 것처럼 기억돼 소름이 끼친다.

그 당시의 기억이 소녀에게 이렇게 강렬하게 남아 있는 것은 이민을 둘러싼 삼촌들의 초조한 몸짓이 조금도 교양이니 체면 따위로 위장되지 않은 원색적이었던 까닭도 있겠고, 이민으로 연유한 그 당시 소녀의 가정불화와 궁핍이라는 불쾌한 회상 때문도 있겠다.

그러나 절그럭대는 쇠사슬 소리는 실제로 그런 소리가 났을 리도 만무하거니와 소녀의 기억 속에 당초부터 있었던 것도 아니다. 소녀가 자라면서 어린 시절의 단순한 기억에 기억 이상의 어떤 의식을 갖게 된 후부터 그 장면에 무심히 삽입하게 된 효과음 같은 것이었다.

그러니까 소녀의 소름 끼치는 혼란은 왜 삼촌들이 조국을 쇠사슬을 자르는 죄수와 덫을 물어뜯는 짐승같이 난폭하게 필사적으로, 난파선을 버리는 쥐들처럼 수단 방법 가리지 않고 교활하게 도망쳤느냐에서 비롯된다.

삼촌들로부터는 아주 드문드문 편지가 왔다. 처음에는 돈이라도 좀 부쳐 올까 해서 식구들은 편지를 퍽 기다렸으나 이젠 시들해지고 말았다. 편지에는 돈을 많이 번다는 소리도 돈을 부쳐 주리라는 소리도 없었다. 그냥 바빠서 죽겠다는 소리뿐이었다. 어느 만큼 바쁘냐 하면 편지 쓸 새도 없이, 집을 그리워할 새도 없이 바쁘다는 거였다. 자랑 같기도 하고 편지를 자주 못 쓰는 핑계 같기도 하였다.

답장은 주로 소녀가 썼다. 소녀의 아버지는 돈도 안 부쳐 오고, 마지못해서 몇 자 휘갈겨 보내는 안부 편지를 자못 시답잖고 아니꼽게 여기고 있었다. '흥, 저만 바쁜가, 이쪽은 안 바쁘고.' 이건 사뭇 바쁜 것의 대결이었다. 대결에선 형 내외가 이겼달 수도 있었다. 아우는 가끔밖에 편지를 못 쓸 만큼 바빴고, 형은 전연 편지를 못 쓸 만큼 바빴으니까.

노파는 물론 편지를 쓰고 싶었으나 쓸 줄을 몰랐다. 결국 소녀가 대필을 해야 했다. 노파는 구구절절 편지 사연을 일러 줬다. 먼저 애간장이 타게 궁금하고, 보고 싶은 사연과 암만해도 살아생전 너희들을 못 보고 죽을 것 같다는 탄식 섞인 엄살과 그러고는 돈을 좀 부쳐 달라는, 늙은이가 돈 한 푼 없이 형 내외에게 얹혀살려니 구박이 막심하다는 애걸로써 끝을 맺게 되어 있었다. 그러나 소녀는 늘 돈 부쳐 달라는 대목을 빼먹었다. 대필에 사기를 쳤다고나 할까, 돈 달라는 소리를 어머니가 아들에게 하는 소리로서 할 수 없었다. "막봉이 보아라. 세월은 유수 같아 어언간에 봄이 가고……." 어쩌구 할 때까지는 완전 아들을 그리는 늙은 어머니가 되었다가도 돈 달라는 소

16

리를 하려면 마치 그녀가 대한민국이 되고, 상대방이 브라질이나 괌이라도 된 것 같아지면서 그런 치사한 소리를 도저히 할 수 없어진다.

그런 까닭을 알 리 없는 노파는 꿈자리만 좀 좋아도 편지를 기다리고 요행 꿈이 들어맞아 편지를 받게 되면 그냥 안부 편지에 지나지 않는 것을 알고 나서도 행여 언제쯤 돈을 부쳐 준다는 눈치라도 채려는 듯이 거듭 읽어 주기를 졸랐다. 소녀는 노파와는 또 다른 의미로 삼촌들의 편지에 관심이 있었다. 삼촌들이 소원대로 이 나라를 떠나 어느 만큼은 이 나라로부터 자유로워진 지금, 그들에게 그들의 조국인 이 나라는 어떤 뜻을 지니게 되었을까가 소녀는 알고 싶었다. 그러나 소녀는 노파와 함께 번번이 허탕을 칠 수밖에 없었다.

어떤 편지에는 김치에 대한 거의 환장할 것 같은 허기증을 호소해 오는 수도 있었다. 소녀는 반갑고 좀 고소하다. 그러나 곧 쓸쓸해진다. 장가라도 들면 여자가 김치쯤 담가 주겠지. 아무튼 그것은 미각의 호소이지 정신의 호소는 아니잖는가? 거창하게 무슨 애국이니 애족이니 그런 것은 아니더라도 평범한 인간 정신과 조국과의 상관관계에 소녀는 조바심 같은 궁금증을 갖고 있었다.

어쩌면 소녀는 그것을 분명히 알아냄으로써 삼촌들의 떠날 당시의 광적인 몸부림으로 하여 그녀가 빠져들게 된 혼란으로부터 놓여날 수 있기를 바라고 있는지도 모른다. 그러나 아무것도 분명해진 것이 없는 채 노파까지 며칠 있으면 떠나게 되어 있다.

소녀는 또다시 떠나보내는 일을 겪는 게 싫다. 그것은 섭섭하다는 느낌과는 또 다르다. 소녀는 실상 할머니하고 아기

자기한 정이 있는 것도 아니다. 무릇 딸들이 다 그렇듯이 소녀도 어머니 편이어서 어머니가 이제야 시집살이를 면하게 되었구나 싶어 다행스럽기까지 하다. 또 이번 할머니의 경우는 삼촌들의 경우하고는 또 달라 미국에 간호사로 가 있는 고모의 초청으로 여비까지 그쪽의 부담이라 삼촌들 때처럼 사기꾼한테 당한 적도, 수속이 난관에 부딪친 적도 없었고, 돈 때문에 싸움질이 있었던 것도 아니다.

다만 소녀가 싫은 것은 떠나는 것이 확정되고 나서부터 떠나는 날까지의 긴 동안이다. 삼촌들 때도 그랬었다. 떠나는 날만 받아 놨다 하면 번연히 한솥의 밥을, 한 상에서 김치에 된장을 해서 먹었을 터인데도 문득문득 버터에 스테이크라도 먹은 듯이 느글느글해지면서, 아주 이 집 식구와는 처지가 달라진 듯한 여유 있는 얼굴을 해 가지고 기회만 있으면 노골적인 연민까지 베풀려 드는 데야 정말 참을 수가 없었다. 그 무렵의 삼촌들은 하다못해 골목에서 복닥거리며 노는 아이들도 그냥 지나쳐 보지를 않고, 꼭 구제품을 안고 고아원을 찾아온, 자선이 취미인 코 큰 사람 같은 아니꼬운 연민의 표정으로 혀를 차며 불쌍해하려 들었다. "원, 없는 사람들이 어쩌자고 아이들은 저렇게 무책임하게 많이 낳아 놔서…… 고생문들이 훤하구나, 훤해." 하늘을 쳐다보고도 "하늘 한번 지랄같이 푸르구나. 한심하군, 한심해." 매사가 이런 투였다.

노파에게서까지 이런 눈치를 읽자, 소녀는 노파를 부축했던 다정한 손길에 맥이 스르르 빠진다. 그렇다고 소녀가 이번 박물관 구경으로 노파가 별안간 고려자기에의 심미안이라도 트이길 바랐던 것은 아니다. 그런 심미안은 소녀도 있을 리 없고, 박물관 구경조차 처음이다. 떠나기 전에 효도로 극장 구경이나 시켜 드리고 점심이나 사 드리라는 돈으로 소녀 임의로 박물관을 택한 것은 어쩌다 그냥 그렇게 된 것뿐이었다.

일껏 찾아간 국산 영화를 상영하는 극장 간판에는 머리를 풀어 산발하고 한쪽 입귀[1]로는 피를 흘리는 여자의 얼굴이 끔찍하리만큼 크게 그려져 있고, '한국적 한(恨)의 미학의 극치'라는 알쏭달쏭한 선전 문구가 씌어 있었다.

극장 앞까지 잘 따라온 노파도 간판에 미리 질렸는지 내키지 않는 얼굴을 하고, 금강산도 식후경이라는데 점심이나 먼저 먹자고 했다. 곰탕집에서 노파는 왕성한 식욕을 보여 곰탕도 곱빼기로 들고, 김치는 두 그릇이나 비웠다. 소녀는 또 한 번 삼촌들의 편지를 생각했다. 창공을 나는 연이 제아무리 자유로워 봬도 연줄을 통해 실패에 묶였듯이 세계 어디에 가 있어도 김치 맛을 잊지 못함으로써 한국인임을 면할 수 없을 삼촌들, 고모 그리고 할머니를 생각했다. 그리고 조국을 떠나 있는 이들과 조국의 연과 실패 같은 관계의 비밀이 겨우 김치 맛일까 하는 소녀다운 치졸한 감상에 빠졌다.

그러나 한층 치졸한 짓은 극장 구경을 그만두고 박물관으로 노파를 이끈 일이었을 게다. 곰탕집에서 나온 소녀와 노파는 극장으로 갈 수밖에 없었는데 노파가 오늘 저녁 꿈자리가 사나울까 겁난다면서 진저리를 쳤다. 아마 그 간판 때문일 게다. 소녀도 동감이었지만 딴 서울 구경도 생각나지 않았다. 소녀는 갑자기 오후의 해가 주체할 수 없이 길게 느껴지면서 갈 곳이 전연 없다는 답답함으로 숨통이 막혀 왔다. 소녀는 노파를 부축하고 곰탕집이 있는 골목을 나와 싸구려 구둣방이 늘

1    입꼬리.

어선 큰길에서도 어디로 가야 할지를 정하지 못해 심한 낭패감을 겪으면서도 노파에겐 그런 내심을 들키지 않으려고 짐짓 태연한 척했다. 그런데도 곰탕의 포식으로 어지간히 행복해진 노파는 네 마음은 내가 다 안다, 알고말고 하는 듯이 한층 돋보이게 행복해지면서 소녀에게 큰 선심을 썼다.

"얘, 애쓰지 마라. 구경은 무슨…… 이까짓 데 뭬 볼 게 있겠다구. 괜히 돈만 없애지. 나야 미국 가면 별의별 구경 다 할걸. 돈은 네가 감췄다가 아쉴 때 용돈이나 쓰렴."

갑자기 소녀는 갈 곳을 박물관으로 정했다. 소녀는 당당하고 의젓해졌다.

이렇게 해서 오게 된 박물관이다. 그러나 노파는 뚝배기 조각보다 더 나은 것이 나타난 후에도 시들해하고 지루해하긴 마찬가지였다. 방이 바뀔 때마다 노파는 가운데 마련한 푹신한 의자를 제일 반가워하고 거기에 앉았으려고만 했다. 그러고는 아직 멀었느냐고 재촉도 하고 이까짓 데도 돈 내고 들어왔으냐고 억울해하기도 했다. 드디어 소녀도 노파를 무시하고 자기만 구경에 열중한 양할 수밖에 없었다. 실상 소녀가 노파를 박물관까지 이끈 것 자체가 즉흥적인 일종의 몸짓이었을 뿐, 이런 일로 노파를 어떻게 해 볼 수 있으리라 생각한 건 아니었다.

언제나 이 재미없는 구경이 끝나 집에 가서 편히 눕나 하는 생각만 하면서 손녀의 뒤만 따르던 노파는 어느 방인지 들어서니까 공기가 썰렁해지면서, 형광등 불빛이 반쯤은 퇴색해 침침한 듯하면서도, 대낮의 빛이 쏟아져 들어와 바닥에 티끌까지 보이는 게 아마 마지막 방인가 싶다. 넓은 출구를 통해 눈부시게 환한 가을 뜰에 곱게 물든 은행나무가 살랑이는 게 보인다. 금붙이 소리라도 날 듯싶다.

노파의 얼굴이 놀라움과 기쁨으로 일그러졌다가 이내 외경의 빛을 띠며 엄숙하게 굳어진다. 출구가 가까워서가 아니다. 그 마지막 방에는 대형 불상들이 진열되어 있었던 것이다. 불상들이 너무 많아 노파는 갈팡질팡하다가 드디어 제일 큰 돌부처에게 먼저 예배한다. 예배는 거듭된다. 노파는 누구에게 들은 바도 없이 제아무리 별의별 것이 다 있고, 미제만 쓰는 부자 나라 미국에도 부처님만은 안 계시리라는 것을 그냥 안다. 그것을 알자 마치 망망한 허공에 혼자 내던져진 듯한 고독과 공포에 사로잡힌다. 그 순간 노파의 고독과 공포는 아들딸이 자그마치 사 남매나 돈 잘 벌고, 잘 살고 있는 곁으로 효도받으러 간다는 크나큰 기쁨과 긍지로도 보상할 수 없는 절실한 것이다.

노파는 영검을 믿으며 지성껏 빌기를 좋아했었다. 부처님에게뿐 아니라 새댁 때부터 보아 와서 한 식구처럼 익숙한 국사당(國師堂) 벽의 여러 신령 화상들 — 신장님이니 용왕님이니 칠성님이니 삼불제석님에게 비는 것도 좋아했고, 인왕산 기슭의 선바위니 형제바위니 하는 바윗덩이에 소원을 빌기도 좋아했다.

그렇다고 남들처럼 국사당에서 징 치고 꽹과리 치고 큰 굿 한번 해 본 바 없고, 두둑이 시주하고 명산대찰에 공 한번 드린 적 없는 주제에, 어쩌면 그러니까 더욱, 부처님이나 산신령이나 그럴싸한 바위에다 대고 소원을 빌고 답답한 사연을 하소연하는 것을 낙으로 삼았다.

훗날 소원이 이루어졌느냐 안 이루어졌느냐는 그리 큰 문제가 아니었다. 빌 때의, 뭐든지 꼭 이루어질 것 같고, 사는 것이 외롭거나 겁나지 않고, 마치 든든한 빽이 생긴 것 같고, 제신(諸神)들과 영통이 이루어진 듯한 그 짜릿한 도취경을 노파는 사랑했던 것이다.

뜻하지 않게 부처님을 뵈올 수 있었던 감격과 다시는 이런 기회가 없겠거니 하는 초조로 기구하고픈 게 한꺼번에 오열처럼 복받쳐 오르는 바람에 도리어 노파는 단 한 가지의 소원도 말할 수 없다.

제일 먼저 아직 어리지만 장차 자기 집의 대를 잇고 조상을 받들 단 하나의 손주인 길남이라는 놈의 수명장수가 떠올랐다가 그보다는 먼저 올해 삼재가 들어 그저 조심스럽기만 한 맏아들이 무사하기를, 그리고 돈벌이도 좀 나아지기를 소원하는 게 더 급하게 여겨졌다가, 먼 딴 나라 땅에서 고생하고 있는 작은아들들 일이 더 걱정스러운가 하면, 딸도 걱정스럽고 자기가 비행기 타고 미국까지 탈 없이 갈 수 있을까가 도무지 미덥지 못해 그것도 빌고 싶고…… 이런 것들은 다 당장 코앞의 걱정이고, 먼 후일까지 지금 빌어 두고 싶고, 자기의 사후 세계까지 지금 빌어 두고 싶고, 노파의 조그만 머리엔 빌어 두고 싶은 것이 쇄도해서 갈피를 잡을 수 없다.

"부처님, 석가모니 부처님, 그저, 비나이다. 그저그저…… 부처님, 제 마음 아시지요. 네, 제 마음 아시지요."

비는 데 당해서 노파가 이렇게 말주변이 없어 보긴 처음이다. 그러나 노파의 마음은 술술술 많은 말을 했을 때보다 오히려 빠르게 안정되어 오로지 경건할 따름이다. 부처님께서 저절로 다 아시고 다 들어주실 것 같다. 고맙다. 너무 고마워 노파는 손녀를 불러 돈 남은 걸 다 달래서 불상의 무릎 위에 공손히 바친다. 그리고 다시 "부처님 제 마음 아시지요."를 되풀이하고, 절을 되풀이하고 불상을 우러른다. 불상은 네 마음 내 다 알고말고 하는 듯이 빙그레 웃고 있다. 노파의 마음은 법열과도 같은 희열로 빛난다.

해가 설핏하긴 해도 바깥의 모든 것은 아직 한낮의 밝음 속에 눈부시다. 장장 반만년의 문화사를 훑어 내렸는데도 가을의 오후는 아직 저물지 않은 것이다.

"아무 데서나 좀 쉬었다 가자꾸나."

노파는 햇빛 속에서 어지럽기도 하고 온몸이 흘러내리듯이 피곤하다. 그러고도 편안하다. 노파는 쉬고도 싶거니와 편안함을 좀 더 오래 간직하고 있고 싶은 것이다.

경회루 연못가엔 회장저고리나 색동저고리에 빛깔 고운 비단 치마를 차려입은 아가씨들이 한때 희희낙락 산책을 즐기고 있다. 수면이 이 고운 빛깔들을 거울처럼 되받았다가 미풍이라도 불면, 이 고운 빛들이 잘게 부서지기도 하고, 너울너울 출렁이기도 하는 게 그림처럼 아름다웠다. 신사복 차림의 청년이 두어 명 뒤따르며 열심히 카메라의 셔터를 누르고 있다. 심한 피로 때문인지 노파의 시선은 초점 없이 멍한 게 사고가 정지된 사람 같고, 검버섯이 거뭇거뭇하고 주름이 밀려 깊은 고랑을 이루고 있는 피부는 고목의 수피(樹皮) 같다. 소녀는 가만가만 할머니의 손을 만져 본다. 말랑하다.

"네 고모가 미국에서 뭐 한댔지?"

노파가 혼잣말처럼 푸듯이 중얼댄다. 여태껏 고모 생각을 하고 있었구나 싶으니 소녀는 내심 짚이는 게 있어 뜨끔하다.

"간호원요."

"한 달에 얼마나 번댔지? 여기 돈으로 셈해서 말야."

"이십오만 원쯤……."

노파의 눈에 점점 생기가 돌더니 예의 꼬마전구 같은 오만을 회복한다.

"네 고모한테 네 에민 너무했느니라. 사람이 그러는 게 아냐."

고모가 미국으로 떠날 때의 얘기인 것이다. 소녀도 그땐 자기 어머니가 너무했다 싶다. 삼촌들처럼 떠들썩하지도 않고, 집안 돈도 축내지 않고, 제 주변으로 감쪽같이 수속을 끝내고 떠난 고모다. 소녀의 어머니도 그게 신통하고 고마웠던지 갈 때 입을 옷 한 벌 고급으로 해 주마고 벼르더니, 내일이면 떠날 날인데 오늘 사 왔다는 옷이 반코트 비슷한 윗도리 한 가지인데 싸구려티가 더럭더럭 나는 날림 물건이었다. 노파도 그걸 단박에 알아봤다. 아니 그래 딴 데도 아니고 미국엘 가는데, 저런 식모데기 같은 옷을 입혀 보내야 옳으냐고 며느리에게 대들었다. 며느리도 지지 않고 잔뜩 얕잡는 투로

"어머닌 그저 미국 미국, 미국만 가면 큰 출세나 하는 건 줄 아시지만 그게 아네요. 고모가 뭐 벼슬이라도 해 갖고 미국 가는 줄 아세요? 알고 보면 똥 치러 가는 거예요, 똥. 어머니도 속 좀 작작 차리세요."

며느리는 시어머니의 기대를 꺾으려고 보조 간호원으로 가는 것을 똥 치러 간다는 극단적인 표현을 하고도 모자라 보조 간호원이란 간호원이 하기 싫은 일을 시키려고 두는 것이니까, 간호원이 하기 싫은 일이야 똥 싸는 환자 똥 치는 일밖에 더 있겠느냐, 그리고 그런 일이란 워낙 욕지기나게 더러운 일이어서 돈을 아무리 많이 주어도 자기 나라에선 할 사람을 구할 수가 없어 외국에서 사들인다고 제멋대로 풀이까지 했다.

그날 저녁 고모는 무릎까지 오는 번들번들한 장화를 사

신고 들어왔다. 하루 종일 분하고 원통해서 눈이 거꾸로 박혔던 노파는 먼저 그 장화 얼마 주고 산 거냐고 앙칼지게 따졌다. 칠천 원인가 줬다고 하자

"이년 이 싸가지 없는 년, 미국으로 똥 치러 가는 주제에 뭐 칠천 원짜리 구두? 꼴좋다. 꼴좋아, 천 원짜리 오버에 칠천 원짜리 구두 꼴좋다."

이런 넋두리는 그날 밤새도록 계속됐다. 애꿎은 장화를 쥐어뜯으며, "이년 똥 치러 미국까지 가는 싸가지 없는 년."

노파와 딸의 이 땅에서의 마지막 밤이었던 것이다. 이것이 노파가 하나밖에 없는 딸을 먼 길 떠나보내면서 한 모정의 소리였던 것이다.

드디어 노파가 떠날 날도 내일로 다가왔다. 그러나 노파의 이 땅에서의 마지막 밤도 흐뭇한 밤은 못 되었다.

노파는 마지막 밤을 맏손주인 길남이와 자고 싶었다. 꼭 그러고 싶었다.

아직 어리고 하나밖에 없는 사내놈이라 오냐오냐해서 길러서 그런지 제 에미만 바치고 할미를 통 안 따르는 놈이었지만 하룻밤만 같이 자면 잘 사귈 수 있을 것 같았다.

그놈을 꼭 껴안고 그 신통하고 대견한 귀물인 고추도 좀 주물러 보고, 잠결에 하는 발길질도 당하고, 이불도 덮어 주고 토실한 뺨에 뽀뽀도 해 주고 그리고 무엇보다도 밤새도록 그놈을 품에 품고 있고 싶었다.

그러나 공교롭게도 노파가 떠나는 날이 며느리 친정어머니 환갑날이라고 며느리는 전날부터 친정으로 갔다. 친정에서 자고 다음 날 비행장으로 곧장 나올 속셈인 모양으로 딸들에게 저녁에도 할머니 불고기 해 드리고 내일 아침에도 할머

니 불고기 해 드리는 거 잊지 말라고 신신당부하는 것으로 효부 노릇을 한바탕 하고 갔다.

길남이만은 꼭 떼어 놓고 갔으면 싶었는데, 길남이는 막무가내 제 에미 치마꼬리를 안 놓고, 그래도 에미가 딱 떼어 놓으면 젖먹이도 아니겠다 못 떼어 놓을 것도 없겠는데 "그래 그래 같이 가자. 할머니 오늘 밤은 푹 쉬셔야지." 하고 큰 선심이나 쓰듯이 데리고 가 버렸다.

노파는 밤새도록 그게 서운해서 몰래 울었다. 자고 나도 그게 무슨 한처럼 묵직한 응어리가 되어 가슴에 걸려 있었다.

며느리는 다음 날 비행장에도 겨우 시간 전에 대와서[2] 남편과 딸들에게 어서어서 할머니 배웅하고 외갓집에 가서 외할머니 환갑상 받으시는 데 잔 드려야 한다고 설쳤다.

배웅을 빨리 하게 하려면 빨리 갈 수밖에 없겠다 싶어 노파는 또 한 번 야속하다. 노파는 길남이를 와락 껴안았다. 아프다고 울려고 했다. 할 수 없이 놓아주고 고사리 같은 손을 꼭 쥐었다. 또 아프다고 울려고 했다.

소녀는 할머니가 입고 있는 촌스럽게 번들대는 합섬 양단 치마저고리와 은비녀가 삐딱하게 꽂힌 조그맣고 허술한 쪽과, 목에 걸어 거북하게 앞가슴에 늘어져 있는 BONANZA라는 흰 글씨가 새겨진 빨간 숄더백과, 그런 겉치장의 부조화가 딴 여행객들과 이루는 또 하나의 우스꽝스러운 부조화와, 끝내 길남이에 대한 강한 애착을 못 끊는 짓무른 노안을 지켜보면서 거의 육체적이랄 수도 있는 아픔을 가슴 깊은 곳에 느낀다.

떠나는 편에서나 떠나보내는 편에서나 이건 정말 못할 노

2    딱 맞게 오다.

롯이다 싶다. 차라리 삼촌들처럼 다시는 돌아오나 봐라, 내 어디서 오줌을 깔겨도 이놈의 고장에다 겨냥하고 깔길걸 어쩌구 폭언을 퍼부으며 의기양양 걸어 나가는 것을 보는 편이 속 편했던 것 같다. 소녀는 막연하나마 삼촌 시대의 위악(僞惡)을 이해할 것도 같다.

시간이 없다고 어서어서 나가시라고 며느리가 재촉을 했다. 제 친정에미 환갑상 받을 시간에 늦겠다는 건지 비행기 뜰 시간에 늦겠다는 건지 분명치 않은 채, 가슴에 걸려 있는 뜨거운 응어리를 시원히 풀지도 못한 채 노파는 딴 사람들과 휩쓸려 출국의 최종 절차를 마치고 비행기가 보이는 광장으로 나섰다. 비행기가 있는 데까지 타고 갈 버스가 대기하고 있다. 남이 하는 대로 버스에 올라탄다. 모두 젊은이들뿐이다.

한 젊은이가 할머닌 어디까지 가십니까고 상냥하게 말을 건다.

"그 뭐라나, 미국의 어디메드라? 참, 쌍포리코라던가."

"네, 샌프란시스코요. 저도 그리로 가는데요."

젊은이가 광대같이 우스꽝을 떨며 노파를 껴안았다. 노파도 반가워서 젊은이 손을 덥석 잡았다가 놓으면서

"참 내 정신 좀 봐. 내가 이러구 있을 게 아니라 버스 떠나기 전에 식구들에게 든든한 동행이 있다는 걸 알려 줘야지. 이 늙은이를 혼자 떠나보내고 발길들이 안 돌아설 텐데."

노파는 허겁지겁 버스를 내린다. 노파는 그냥 가족들을, 특히 길남이를 다시 보고 싶을 뿐이다. 버스에서 내린 노파는 송영대 밑으로 달려가 송영대를 쳐다보며 악을 쓴다.

"얘들아, 마침 쌍포리코까지 같이 갈 동행을 만났다. 아주 친절한 젊은이야. 내 걱정들은 마라."

그러나 아무 반응이 없다. 낯선 사람들이 킬킬거릴 뿐이다. 다시 쳐다봐도 송영대에 밀집한 사람 중 낯익은 얼굴은 하나도 없다. 벌써 환갑집으로 가 버린 모양이다.

다시 확인하고 싶으나 시야가 자꾸만 부옇게 흐려져 그게 여의치 않다. 별안간 송영대에 나와 있는 사람들 보기가 부끄러워져서 숨듯이 다시 버스에 오른다. 버스를 내려서 다시 비행기를 타고 그동안 내내 노파는 혼돈 속을 가듯 눈앞이 지척을 분간 못 하게 부옇고 의식조차 흐리멍덩하다. 아까의 젊은이가 노파를 부축해 주려다 말고 딴 젊은이들과 섞여서 시시덕댄다.

마침내 기체가 이륙하는 것을 노파는 심한 충격과 함께 의식한다. 그것은 누구나 느낄 수 있는 물리적인 충격이 아니라 노파 하나만의 것인 아무도 헤아릴 수 없는 크나큰 충격이다.

몇백 년쯤 묵은 고목이 어떤 거대한 힘에 의해 몽땅 뽑히는 일이 있다면 그때 받는 고목의 충격이 바로 이러하리라. 노파의 의식이 비로소 혼돈을 헤치고 뿌리 뽑힌 고목으로서의 스스로를 인식한다.

비행기 속의 젊은이들은 노파의 아들들이 그랬던 것처럼 조국을 뜨는 마당에 일말의 애수조차 없이 다만 기쁘고, 빛나는 얼굴을 하고 있다. 그래서 그런지 조금도 동류의식을 느낄 수 없다. 노파는 외롭다.

"할머니 울잖아? 애기같이, 우리도 안 우는데. 울지 마, 우린 같은 처지야."

아까의 젊은이가 광대 같은 표정으로 어리광을 떨며 노파를 웃기려 든다.

하긴 저들도 뿌리 뽑혔달 수도 있겠지. 그러나 저들은 묘

목이다. 어디에고 다시 뿌리를 내릴 수 있는 묘목이다. 그러나 난 틀렸어. 난 죽은 목숨이야.

노파는 노파의 아들들이 이를 갈며 싫어했고 진저리를 치며 놓여나기를 갈망했던 이 땅의 모든 구질구질한 것까지 자기가 얼마나 사랑했던가를 안다. 노파는 마치 자기 시신을 보듯 이 숨 막히는 공포로 뽑혀 나동그라진 거대한 나무와 지상으로 노출된 수만 가닥의 수근(樹根)이 말라비틀어지는 참담한 모습을 환상하며 심장을 쥐어짜듯이 서럽게 운다.

일찍이 이렇게 서럽게 운 적도, 이렇게 서럽게 운 사람도 이 세상엔 없겠거니 싶다. 산 채로 자기의 시신을 볼 수 있는 그런 끔찍한 불행을 겪은 사람이 나 말고 어디 또 있을 수 있단 말인가. 노파의 울음은 자기 자신에게 바치는 조곡(弔哭)인 만큼 처절하다.

젊은이들은 노파의 이런 울음소리가 못 견디게 듣기 싫다. 타고 있는 게 비행기만 아니라면 훌쩍 뛰어내린들 조금도 찻삯 같은 거 안 아까우리만큼 듣기 싫다. 이런 기분 나쁜 음색은 생전 처음 들어 보는가 싶다.

# 지렁이 울음소리

　남편은 TV 채널 돌리는 데 독특한 기술을 가지고 있었다. 7에서 9로, 9에서 11로, 이 매혹적인 홀수에서 홀수로 옮아가는 길에 아무리 바빠도 거쳐야 하는 8이나 10이라는 공허한 짝수를 용케도 냉큼냉큼 건너뛰어 곧장 7에서 9로, 9에서 11로, 또 11에서 9로, 9에서 7로 전광석화처럼 채널을 돌리는 것이었다. 이렇게 그는 일 초의 십 분의 일도 치를 떨게 아까워하며 바보에서 반벙어리로, 반벙어리에서 폭군으로, 폭군에서 계모로, 계모에서 악처로, ××쇼에서 ○○쇼로, ○○쇼에서 △쇼로 깡충깡충 구경을 즐겼다.

　남편에게 TV 구경 말고도 꼭 TV 구경만큼이나 즐기는 게 또 하나 있다. 그것은 군것질이었다. 그는 꼭 이 두 가지를 동시에 즐기려 들었다. 술이나 담배를 전연 못하는 그가 주로 즐기는 군것질은 감미(甘味)가 몹시 짙고도 말랑한 것이어서, 단팥이 잔뜩 든 생과자라든가 찹쌀떡, 시골에서 고아 온 눅진한 조청 따위를 맛있게 맛있게 먹으며 입술 언저리를 야금야금 핥으며, 몸을 이리저리 뒤척이며 줄기차게 연속극과 쇼에 재미나 했다. 아니 연속극도 맛있어 하더라고 하는 편이 옳을지도 모른다. 나에겐 그가 흡사 연속극도 단팥과 함께 먹고 있는 것같이 보였기 때문이다. 실상 두뇌나 심장이 전연 가담하지 않은 즐거움의 표정이란 음식을 맛있어하는 표정과 얼마나 닮은 것일까.

이를테면 어떤 연속극은, 거피한 다디단 흰팥이 노르께하게 구워진 겉꺼풀에 살짝 싸인 구리만주 같은가 자못 우물우물 맛있어하는가 하면, 어떤 연속극은 찐득하니 꿀 같은 팥을 얇은 찹쌀꺼풀로 싼 찹쌀떡 맛인가 짜닥짜닥 맛있어하고, 어떤 연속극은 백항아리에 담긴 눅진한 수수조청을 여자처럼 토실한 집게손가락에 듬뿍 감아올려 빨아 먹는 맛인가 쪽쪽 맛있어하고, 이 정도의 차이를 바보와 벙어리 사이에, 벙어리와 폭군 사이에 보였을 뿐 결코 어떤 감동은커녕 안타까움이라든가 동정, 흥분을 나타내는 일이 없었다.

그는 그냥 맛있어하고, 맛있음을 그냥 즐겼다.

그는 신문이나 잡지 또는 뜬소문을 통해 그에게 전해지는 온갖 세상사도 TV 연속극 보듯이 즐겼고, 그가 브라운관 속에서 일어나는 일을 자기 일로 착각하는 따위의 어리석은 구경꾼이 아닌 것처럼 세상사와 그와의 행복을 연관 지어 생각하는 따위의 주제넘은 짓은 절대로 하지 않았다.

그의 일상은 다만 편안하고 행복했다. 그렇다고 그에게 아주 근심이 없는 것은 아니었다. 심심하지 않을 만큼 그에게 근심이 생겼지만 그는 아주 신속히 그 근심의 해결책을 발견하고는 그 근심이 없었던 때보다 한층 더 행복해졌다.

현대란 얼마나 살기 좋은 시댄가? 현대가 청부 맡을 수 없는 근심 걱정이라는 게 도대체 있을 수 있을까? 한 가지의 근심을 위해 여남은 가지도 넘는 해결책이 아양을 떨며 달려드는 시대인 것이다.

어느 날, 남편은 그의 정력이 전만 못하다고 느꼈다. 제기랄, 사십을 넘긴 지가 엊그제 같은데 벌써 이게 무슨 꼴이람. 그러나 그는 결코 오래 비참해할 필요가 없는 것이다. 아주 신속히 아주 신효한 정력제의 이름을 알아내고야 말았기 때문이다.

그걸 구태여 어디서였다고 설명할 필요는 없다. 출근 버스 속에 소나기처럼 쏟아지던 CM송에서였는지, 친구들의 음담패설에서였는지, 7에서 9로, 9에서 11로의 그 전광석화 같은 잇짬[3]에서였는지, 하여튼 그 방면의 뜻만 있다 하면 곧 그것은 얻어지게 마련이었고, 그 정력제의 효과야말로 어쩌면 그 호들갑스러운 선전이 무색하지 않을 만큼 그렇게도 신통한 것일까?

감기도 몸살도 흰 머리칼도, 남편에게 일어날 수 있는 이런 자자분한 불행들은 다 같은 방법으로 재빨리 해결을 보고 이런 것들 말고 딴 불행이 일어날 가능성이라곤 조금도 없었다. 왜냐하면 그는 은행이라는 안전한 직장에서 순조로운 승진을 하고 있었고 자기 몫의 수익성이 있는 부동산이 있었고, 건강한 자식과 아름다운 아내가 있었으니 말이다. 거듭 말해두지만 그는 편안하고 행복했다.

그런데 이렇게 행복한 남편의 아름다운 아내인 나는 TV 연속극도 단것도 안 좋아했다. 나는 단것이 이나 위장에 해롭다고 믿고 있었고 TV는 바보상자라는 말에 깊이 공감하고 있

3   이에짬.

었고, 연속극이 퇴폐적 단세포적 어쩌구저쩌구하며, 자못 고상하고도 혹독하게 매도되는 소리에 귀 기울이기를 즐겼다.

나는 내가 누릴 수 있는 온갖 편한 것의 혜택의 편이 아니고 늘 그 해독의 편이었다. 불량 식품, 부정 식품, 살인 가스, ××공해에다 또 ○○공해…… 아아, 현대란 얼마나 살기 힘든 끔찍한 시댄가.

남편이 정력제를 복용하자 정력제의 해독을 굳게 믿는 나는 그 호르몬제가 남편의 체내에서 도착(倒錯)을 일으켜 가뜩이나 여자처럼 섬세한 피부를 가진 남편의 유방이 수밀도처럼 부풀어 오르리라는 예감으로 전전긍긍하였고, 머리 염색체의 과용으로 곧 머리가 홀랑 벗겨지리라, 풍만한 유방을 가진 대머리, 그런 그로테스크한 상상으로 몸서리를 쳤다. 그러고 보니 내 생활이라는 게 너무 무사태평해 난 좀 심심했었나 보다. 아아, 심심하다는 것은 불행한 것보다는 사뭇 급수가 떨어지는 불행이면서도 지독한 불행일 때가 있다.

그러나 나는 내가 혹시 불행한 거나 아닌가 하는 의혹을 가져 볼 수조차 없었다. 꼭 제 시각에 들어올뿐더러 들어올 때마다 케이크 상자를 잊은 적이 없는 남편, 그뿐일까, 건강하고 ××은행의 지점장, 그뿐일까, 빌딩이라고 부르기는 좀 뭣하지만 꽤 길목이 좋은 곳에 있는 2층 점포까지 부모의 유산으로 물려받아 또박또박 적지 않은 월세까지 들여오는 남편에 알토란 같은 삼 남매까지 둔 여자가 어떻게 감히 불행할 수 있단 말인가? 벼락을 맞을 노릇이지.

다달이 집세를 가지고 들어와서는 아까워서 죽겠다는 듯이 다시 한 번 침을 묻혀 어루만지듯이 세어 보고 내놓는 점포 2층 미장원의 올드미스, 월세를 꼭 보수로 해다가 거만하게 디미는 양장점의 과부 마담, 독촉을 받고서도 보름은 넘어 끌다가 들어와서는 불경기 타령을 한 시간가량 늘어놓고 헌 돈으로만 골라 내놓는 식품점 주인인 5남매의 아버지, 이런 사람들이 내 팔자를 얼마나 부러워하고 샘을 내고 있나를 나는 너무도 잘 알고 있다. 그뿐일까, 친정, 일가 시집붙이들의 입방아에 끊임없이 오르내리며, 때로는 우리 내외의 궁합이 들먹여지기도 하고 내 관상이 들춰지기도 하며, 행복이란 바로 이런 것이다라는 산 표본이 돼 주고 있는 내가 아닌가. 이런 내가 어떻게 감히 불행할 수 있단 말인가.

이를테면 나를 부러워하는 내 이웃들이야말로 나를 행복이라는 영지(領地)에 가둬 놓고 꼼짝 못하게 하는 울타리 같은 거였다. 울타리가 있는 한 나는 행복할 수밖에 없었고, 내가 행복한 한 울타리는 있을 수밖에 없었다. 이런 묘한 상관관계는 꽤 질긴 것이어서 나는 평생 거기서부터 자유로워질 수 있을 것 같지 않았다. 나는 이렇게 내 행복을 철석같이 믿고는 있었으나 행복한 것의 행복감과는 무관했다.

만약 나에게 아이들만 없었다면, 그리고 그중 한 아이가 일으킨 조그만 사건만 없었다면 내가 내 행복을 타진해 볼 기회란 아마 영영 없었을 것이다.

맏아들이 고등학교 이 학년이 되자 차츰 대학 입시 준비를 시켜야겠다고 벼르는데 느닷없이 이 녀석이 미술 대학을 가겠노라고 하는 게 아닌가? 남편은 한마디로 어처구니없어 했다.

"너는 서울 상대를 가야 해. 그래야 은행이나 큰 기업체 취직을 바라보지. 뭐니 뭐니 해도 생활 안정이 제일이니라. 봐라. 지금의 네 애비를. 뭬 그릴 게 있나. 뭬 걱정인가. 장차 버둥다리 치고 먹고 살려고 하는 고생인데, 그래 그게 싫어 뭐 미술 대학이나 가겠어? 이런 못난 놈."

남편은 말끝마다 자기 스스로를 예로 들어 가며 안정된 생활의 행복을 찬양하고 또 찬양하며 아들을 타일렀다.

"봐라. 지금의 네 애비를. 뭐 그릴 게 있나." 이 말을 할 때마다 남편의 입가에 떠오르는 득의와 회심의 미소가 나는 싫고 징그러워, 남편의 그런 미소가 형편없이 구겨질 일이 일어나기를 나는 옆에서 간절히 바랐다. 그러나 끝내 부자간에는 아무 일도 일어나지 않았다. 아들은 다소곳이 아버지의 말을 경청하더니 열심히 과외 공부를 해 보겠다고 했다. 행복한 집답게 부자간의 언쟁도 해피엔드였다.

그러자 내 내부에서 별안간 힘찬 반란이 일어났다. (그것만은 안 돼. 그것만은 참을 수 없어. 그럴 수는 없어.)

일찍 들어와서 따뜻한 아랫목에 누워서 연속극과 조청을 맛있게 맛있게 먹는 게 남편인 건 어쩔 수 없다손 치더라도 그게 장차의 내 아들인 것은 도저히 참을 수 없는 일로 여겨졌다.

나는 그 후에도 심심하면 '그럴 수는 없다.'라고 혼자 도리질까지 해 가며 중얼거리는 일이 잦았다. 아니, 심심할 때뿐만도 아니었다. 외출하려고 체경 앞에서 검은 비로드 코트 위에 은빛 밍크 목도리를 두르는 그 쾌적한 순간에도, 문갑 위 수반의 카네이션이 TV 연속극의 소박맞은 여편네의 통곡 소리에 가늘게 떨고, 한결같이 편안하고 맛있는 얼굴로 구경을 즐기던 남편이 조금이라도 거북한 듯 몸을 뒤척이면 내 무릎을 내주기 위해 앉음새를 무너뜨리며 모나리자 같은 미소라도 띠어야 할 화평의 한때에도 '그럴 수는 없어. 그것만은 참을 수 없어.' 하는 격렬한 외침이 심한 딸꾹질처럼, 오장육부에 경련을 일으키며 치솟았다.

물론 나는 내 이런 분별없는 딸꾹질을 한 번도 밖으로 토해 내는 일 없이 잘 삼켰기 때문에 표면상 아무 일도 일어나지는 않았지만 내부는 딸꾹질의 내공(內攻)을 받아 조금씩 교란되고 있었다. 매일매일 조청과 정력제와 연속극을 물리지도 않고 맛있게 삼키는 오동통한 중년의 남자가 내 남편이라는 게 몹시 억울하게 여겨지는가 하면, 내가 갖고 있는 행복의 조건들이 표절한 미사여구처럼 공소하게 느껴지기도 했다.

나는 간간이 제법 불행한 얼굴을 하고는 살림살이를 시들해하고 귀찮아했다. 그럴 법도 했다. 결혼한 지 이십 년을 줄창4 행복하기만 했으니 이제 어지간히 행복에 지칠 때도 되지 않았겠는가.

나는 고운 리본을 오려서 꽃을 만든다. 내가 아마 권태기에 처해 있을 거라고 단정한 어느 친구의 권고로 시작한 취미 생활이었다. 그 친구는 참 많은 것을 알고 있었다. 권태기의 취미 생활, 권태기의 화장법, 권태기의 식생활, 권태기의 성생활…… 얼마든지 알고 있었다. 내 남편이 알고 있는 정력제의 가짓수만큼도 더 많은 권태기의 요법을 알고 있었다.

나는 너무 쉽게 꽃 만들기를 익힌다. 둥그런 채반에 노란 개나리가 치렁치렁 늘어지고 또 늘어진다. 양귀비도 만들고, 모란도 만들고, 등꽃도 만들고, 장미도 만든다. 어때요? 남편에게 자랑까지 해 본다.

"호오, 당신에게 이런 재주가 있었다니. 이 개나리는 꼭 진짜 같구려. 참 좋은 세상이야. 난 요전에 친구 녀석 차에 가

---

4  줄곧.

지에 달린 채 매달린 귤을 진짜인 줄 알고 따먹을 뻔했다니까."

"그래서 좋은 세상일 게 뭐 있어요? 잡숫지도 못했으면서……."

"그게 진짜면 녀석 차에 그렇게 맨날 그대로 매달려 있을 수가 있겠어? 그러니 얼마나 경제적이야. 당신도 이젠 솜씨를 익혔으니 그까짓 생화를 왜 사겠어."

나는 불현듯 겨울의 남대문 꽃시장에 있고 싶어진다. 그 따습고 난만한 고장에. 국화, 카네이션, 금잔화, 동백, 프리지어, 튤립, 사이네리아…… 이런 꽃들이 어우러진 훈향, 갓 들어온 꽃의 신선한 훈향, 어제 들어온 꽃의 난숙한 훈향, 그제 그끄제 들어온 꽃들과 잘못 다루어 떨어뜨려 짓밟힌 채 썩어가는 꽃잎과 이파리의 퇴폐적인 훈향. 콧방울을 팽배시켜 이런 훈향을 가슴 가득히 들이마실 때의 즐거운 현훈(眩暈), 뜨거운 부정(不貞)을 청정하게 저지를 것 같은 설렘, 십 년은 젊어진 것 같은, 아니 이십 년 전 청순과 방일(放逸)이 조금치의 모순도 없이 공존하던 19세의 나날 같은 자유, 이런 것들을 그 고장에서 누리고 싶었다.

그러나 다음다음 날쯤 내가 실제로 그 고장에 들렀을 때 집에서 조바심했던 것 같은 짙은 즐거움을 누릴 수는 없었다. 나는 마치 배반을 당한 후처럼 고독하고 우울해질 수밖에 없었다.

나는 그 후에도 그것 비슷한 조바심을 하고 나들이를 나서는 일이 잦았다. 느닷없이 고속버스를 타고 가 낯선 고장에 내리고 싶다든가 박물관에 가 맏며느리처럼 무던한 이조 백자 항아리 앞에 서고 싶다든가 이런 생각이 떠오를 때마다 소풍 전야의 국민학생처럼 들떴다가도 막상 그 짓을 해 보면 심심했다. 그럴 수밖에 없는 것이 내가 시도해 본 그런 짓들이라는 게 아무리 엉뚱해도, 그 행동반경이 내가 속한 울타리 밖으로 벗어나 본 적이란 없었으니까.

"실례지만……, 혹 숙이가 아닌지."

남자는 반말을 하려다가 뒤늦게 아까운 듯이 "요" 소리를 보탠다. 그날도 나는 심한 조바심과 짜증 끝에 일없이 싸돌아다니다가 어떤 다방에 들러서 쉬고 있었다. 허술한 중년의 남자가 스스럼없이 내 옆에 앉으며 아는 척을 했다.

"댁은?"

나는 새침하니 그로부터 좀 떨어져 앉으며 짧게 물었다. 여자 이름의 '숙'자 돌림이란 김씨 성만큼도 더 흔하다. 그런 얕은 수에 넘어가 흐들흐들 웃을 수도 없지 않은가.

"아니 정말 나를 모르겠어, 요?"

이번에도 반말을 하려다가 가까스로 "요" 소리를 하며 답답한 듯 자기 손으로 자기 얼굴을 가리킨다. 그런 동작이 제법 활달하고, 양복 소맷부리가 닳아서 풀어진 올이 몇 가닥 늘어져 있는 게 뷘다.

낯익다. 얼굴이 아니라 소맷부리에 늘어진 몇 가닥 올이.

"어머머, 욕쟁이, 아니 아니 저 이태우 선생님 아니세요?"

"그래 그래 이제야 알아보누만. 이태우야. 아니 아니 욕쟁이야. 하하하……."

이번엔 거리낌 없이 "요" 소리를 떼 버리곤 크게 웃는다.

어쩜 여태껏 소맷부리에 닳아서 풀어진 올을 늘어뜨리고 다닐 게 뭐람. 이십 년 전 여학교 시절의 젊은 국어 선생은 지금 못 알아보리만큼 늙었지만 소맷부리에 늘어진 올과 큰 팔짓만은 그때 그대로다.

"조금도 안 변하셨어요."

"안 변하긴 처음엔 알아도 못 보고선."

그는 내가 변하지 않았다고 한 것을 늙지 않았다는 말로 받아들인 모양이다. 그러나 인사성으로라도 안 늙었다고는 할 수 없게, 물론 그사이에 흐른 이십 년을 가산하고 봐주더라도 그는 너무 늙어 있었다. 꽤 멋있던 이였는데.

"숙이도 날 알아보자 내 별명이 먼저 생각났나 보지?"

"딴 애들도 더러 만나셨더랬나요?"

"별로……. 간혹 만나면 또 뭘 하나, 도망가기에들 바쁜 걸. '욕쟁이'니 '분통'이니 외마디 소리를 지르면서 말야. 여학생들이란 가르쳐 봐야 다 그렇고 그런 거지 뭐."

그런 말을 하면서도 개탄하거나 패씸해하려는 눈치가 전연 안 보인다. 세상이 허망한 게 어찌 여학생 가르치는 것뿐이랴, 온통 다 사는 것이란 그렇구 그런 것이지 하듯이 담담했다. 나는 어쩐지 그런 그가 나를 속이고 있는 것 같았다. 애당초 내가 이 이십 년 동안에 마흔 살은 더 집어먹은 듯 늙어 버린 그를 이태우 선생이라고 쉽게 알아본 게 어찌 소맷부리로 늘어진 몇 가닥 올 때문만이었을까.

그는 가슴 속에 분통(憤痛)을, 욕을 간직하고 있을 터였고, 안주머니에 두둑한 지폐 뭉치를 간직하고 있는 자가 그 나름으로 독특한 표정을 가지고 있듯이 그는 욕쟁이라는 그 자신의 별명에 어울리는 그 독특한 표정이 있었다. 나는 아직도 선명하게 기억하고 있다. 그가 욕을 잔뜩 참고 있을 때의 암울하고 고뇌로운 표정을, 참다못해 드디어 욕을 배설하려는 찰나의 반짝하도록 빛나는 표정을. 그 순간적인 섬광을. 방금 내가 그를 알아보았을 때에도 나는 그런 것들을 보았을 터였다. 아니 보았기 때문에 알아봤을 터였다. 그런데 그는 왠지 나를 아주 속여 보려고 작정한 모양이다. 좀체 그의 본색을 드러내지 않는다. 본색을 감춘 그는 흡사 쉬 개발될 것 같지 않은 변두리의 복덕방 영감 같다.

"선생님도 그래 도망가는 녀석들을 그냥 두셨어요? 붙들어서 한바탕 욕을 해 주실 일이지."

나는 어떻게든 그를 다시 욕쟁이로 만들어야 했다. 만약 그가 잊었다면 기억시켜서라도.

"설마 내가 아직도 욕쟁이일라구. 그때만 해도 어지간히 철딱서니가 없었나 보지. 여학생을 앞에 놓고 맨날 점잖지 못한 험구만 늘어놓았었으니."

그는 겸연쩍은 듯이 뒤통수를 긁으며 축 처진 탁한 소리로 길길 웃는다. 그럼 그는 몰라보게 늙었을 뿐 아니라 몰라보게 점잖아지기까지 했단 말인가?

이십여 년 전 A여고의 국어 선생으로 젊고 패기만만하고 훤칠하기까지 해서 여학생들의 사춘깃적 짝사랑을 한 몸에 받으면서도 '욕쟁이'라는 과히 멋있지 못한 별명을 얻은 데는 그럴 만한 이유가 있었다.

해방 후 미군정에서 정부 수립을 전후한 시기, 당시만 해도 여학생들이 꼭 대학에까지 진학하려 들지 않았거니와 뚜렷한 대학 입시 요강이 있는 것도 아니었고, 아직 지정된 국정 교과서조차 없었던 때라 상급반의 국어 시간이란 시간 배당만 많지, 자연히 교사 재량으로 시시하게 보낼 수도 알차게 보낼 수도 있는, 융통성이 많은 시간이 될 수밖에 없었다. 이태우 선생은 열심히 독립 선언문을 설명하다가 하품 소리가 들리고 분위기가 조금이라도 따분해질 양이면 별안간 걸쩍한 소리로 익살과 군소리를 섞어 가며 「용부가(庸婦歌)」를 뽑아 아이들을 웃겨 놓고 「청산에 살어리랏다」나 「가시리」 같은 고려 가요를 흥겹게 읊조리며 혼자 도취하다가 정색하고 윤동주의 시를 딴 사람같이 젖은 목소리로 정성스레 낭송해 들려주기도 했다. 아주 정성스럽고도 감동스레. 몇 번이고.

나는 지금도 욀 수 있다. 그때 이태우 선생이 외던 것처럼 정성스레 "죽는 날까지 하늘을 우러러 한 점 부끄럼이 없기를, 잎새에 이는 바람에도 나는 괴로워했다……."라든가 "괴로웠던 사나이, 행복한 예수 그리스도에게처럼 십자가가 허락된다면 모가지를 드리우고 꽃처럼 피어나는 피를 어두워가는 하늘 밑에 조용히 흘리겠습니다." 따위를. 그리고 그때의 그 피가 말개지고 정신이 고상해지는 듯한 기분까지 지금 다시 되살릴 수 있다.

이렇게 해서 한번 딴 길로 흐르기 시작한 수업은 좀체 제자리로 돌아오지를 않고, 드디어는 국어 교과와는 전연 상관없는 딴 길로 들고, 그럴수록 이태우 선생은 점점 신이 났다. 이것저것 닥치는 대로 세상사에 참견을 하고 비분강개를 터뜨렸다. 모든 것이 뒤죽박죽인 시대였다. 좌우 대립으로 정계가 불안한 틈에 모리배와 정상배가 미군정을 둘러싸고 혀 꼬부라진 영어를 씨부렁대며 사욕을 채우고, 친일파가 한층 극성맞고 탐스럽게 애국과 민주주의를 노래 부르고, 또 부를 때다.

이태우 선생은 악을 써 가며 이런 것들을 개탄하고 때로는 누구누구 이름까지 쳐들어 가며 욕을 하는가 하면 그때 이미 조금씩 싹수가 보이기 시작한 금전만능의 풍조를 고래고래 소리를 질러 가며 경계했다. 그의 욕은 걸쩍하고 거침없었고 흥분해서 팔을 휘두를 때는 으레 낡은 양복 소맷부리에 풀어진 올이 몇 가닥 너덜댔다.

때로는 그 당시 거의 전 국민적인 숭앙을 받던 이승만 박사에게까지 욕을 퍼붓는 수가 있어 듣는 쪽이 오히려 식은땀을 흘릴 지경이었는데도 빨갱이라고 내쫓기지 않고 견딘 것은 아마 교장과 동향인 이북 출신, 자유를 찾아 38선을 넘은 월남민이었기 때문도 있겠고 학생들 사이의 인기 때문도 있었을 게다.

그의 이런 비분강개는 웅변이면서도 웅변에 따르는 허황함이 없이, 듣는 사람에게 절실하게 와닿는 무엇이 있었다. 무릇 비분강개란 다분히 냉소적이게 마련이고, 신랄하면 신랄할수록 당사자는 초연한 입장이거나 스스로의 독설에 취하는 정도가 고작인데 그의 그것은 좀 달랐다. 그는 통분이 절정에 달했을 때 꼭 등줄기에 커다란 등창이 몹시 쑤시는 듯한 얼굴을 했다. 그것이 조금도 쇼 같잖고 어찌나 실감이 나는지 보고 있던 나도 덩달아 등줄기에 어떤 아픔이 전류처럼 흘렀더랬다고 기억된다. 그는 아마 그 시대의 병폐를 남의 상처로서 근심한 게 아니라 자기의 등창으로 삼고 앓고자 했던 것이다. 그만큼 그는 그 시대를 사랑했었나 보다.

그는 이런 소리도 했다.

"내 별명이 욕쟁이지, 아마. 변명할 여지가 없다. 그렇지만 말이다, 내 자유, 내 민주주의엔 적어도 사연이 있단 말이다. 기막힌 사연이. 그것을 위해 내 부모, 내 고향, 내 목숨까지 걸었었거든. (아마 38선을 넘은 얘기인 모양이다.) 그게 썩고 병드는 것을 어찌 얌전하게 보고만 있을 수 있겠니? 귀한 자식에게 매질하는 아픈 마음으로 하는 욕이지 미워서 하는 욕은 아니니라."

그가 '자유'와 '민주주의'를 입에 담을 때의 표정을 뭣에 비길까? 신령님을 받드는 무당, 무지개를 우러르는 소년, 진열장 속의 다이아몬드를 선망하는 가난한 연인들, 풀끝의 아침 이슬을 보는 서정시인, 삼 년 기근 끝에 처음으로 이밥을 혓끝에 굴려 보는 농민, 그런 것들에게나 비길까. 아무튼 나는 지금도 그가 읊던 「가시리」와 그가 읊던 윤동주의 시는 그대로 흉내 낼 수 있어도 그가 읊듯이 '자유'와 '민주주의'를 그렇게 다디달게, 그렇게 경건하게 발음할 수는 도저히 없다. 그의 사연 같은 사연이 나에겐 없기 때문일까.

"숙이 소식은 언젠가 한 번 들었지. 아주 잘살고 있다고?"

나는 마땅히 "네." 하고는 남부러울 게 없는 중년 부인다운 여유와 기품 있는 미소라도 지어 보여야 했다. 그러나 그게 여의치 않았다. 나는 어느 때보다 심하게 편안한 것, 행복한 것과 나와의 위화감을 느끼고 있었다.

"그렇지만 그때가 좋을 때였어요. 선생님께 배울 때가."

"하하하 즐거운 여고 시절이라 이 말인가? 꼭 시체 유행가 구절 같군."

그는 예의 탁하고 처진 소리로 낄낄낄낄 오래 웃었다. 욕에도 찌꺼기라는 게 있다면 아마 저 '낄낄낄낄'이야말로 그거로구나 하는 생각이 든다. 나는 아직도 그에게서 욕을 기다리고 있었다. 그가 아직도 욕쟁이이길 바라고 있었다.

"선생님 아직도 교직에?"

"아니 벌써 언제 고만뒀다고. 사변 치르고 아마 서너 해나 더 해 먹었더랬나 몰라."

"왜요?"

나는 나무라는 듯이 날카롭게 물었다.

"돈도 좀 벌고 싶고, 선생질이 어지간히 싫증도 나고 해서. 제기랄, 교실에 사제지간에 감동이란 게 없어지고 보니 무슨 맛으로 지랄을 하겠어. 잘난 지식 장사를 하느니 차라리 보따리 장사를 하지."

나는 조금씩 기뻐하고 있었다. 그가 욕을 시작할 기미를 보였기 때문이다.

"그래서요?"

"뭐가 그래서야. 이것저것 한마디로 불운의 연속이야. 그렇다고 해서 내가 아주 운을 못 만난 게 아니고 일의 어떤 고비에서, 어떤 일에고 고비가 있게 마련이거든, 그 중요한 고비까지 잘 밀고 가던 내가 갑자기 그 결정적인 고비에서 불운의 편을 들고 말거든."

그리고 어처구니없다는 듯이 또 길길길길길 꼭 욕의 찌꺼기 같은 웃음을 오래 웃었다. 나도 따라서 우습지도 않은 코미디를 보고 웃는 식모처럼 헤프게 킬킬댔다.

"정말야. 불운이 날 잡은 게 아니라 내가 불운을 잡았다니까."

문득, 나는 내가 여태껏 당면한 모든 편하고 좋은 것의 혜택의 면보다 그 해독의 면을 먼저 보는 내 비정상적인 감수성은, 실은 내 천성이 아니라 바로 이태우 선생으로부터 그렇게 길들여진 것이다, 나는 그의 가르침의 결실인 것이다, 라는 생각이 들었다. 나는 그의 욕을 좋아했거든. 그래서 그를 닮고 있었던 거야.

"참, 누굴 기다릴 텐데? 누구? 오야지? 자릴 비켜야겠군. 실은 저기서 내 친구 놈들이 아까부터 찡긋찡긋 쑥덕쑥덕 야단이로구만."

이태우 선생은 궁둥이를 들며 얼마 멀지 않은 자릴 턱으로 가리켰다. 그곳엔 중년에서 노년에 걸친 허술한 남자들이 댓 명 이쪽을 보고 징그럽게 웃고 있었다. 그는 자리를 뜨며 뭔가 결심한 듯 주먹으로 테이블 귀퉁이를 탁 내리치더니

"요오시, 이번엔 기마에로 앗싸리 쇼오불 처 버려야지."
했다. 그가 그쪽 자리로 옮겨 가자 일제히들 길길길길길 웃어대는 소리가 들렸다. 이번 길길길은 욕의 찌꺼기가 아니라 누추한 색정(色情)의 찌꺼기 같은 거였다. 나는 구정물을 뒤집어쓴 듯이 불쾌했다. 비단 '길길길' 때문만은 아니었다. '오야지'니 '요오시'니 '기마에'니 '앗싸리'니 '쇼오부'니 하는 소리를 이태우 선생의 입에서 듣다니 기가 막혔다.

그가 욕쟁이 국어 선생이었을 시절, 그때만 해도 여학생들의 언어생활에서 일본말이 완전히 청산되지 않았을 때였다. 그는 국어 선생다운 결벽성으로 어쩌다가라도 귀에 들어오는 일본말을 절대로 그냥 지나치는 일 없이 장본인을 찾아내어 핀잔을 주고, 그러다가 흥분하면 욕도 했다.

"이 자식들아 그래 너희들은 밸도 없나. 그 지긋지긋한 왜놈의 말을 또 입에 담아. 또다시 내 귀에 그 간사한 왜말이 들어왔단 봐라. 노예근성이 뼛속까지 박힌 놈으로 알고 회초리로 다리몽둥이를 분질러뜨려 놀 테니까."

눈을 부릅뜨고 이런 지독한 소리를 했다. 그 이태우 선생이 뭐 앗싸리 쇼오부를 칠 테라고?

나는 그들 쪽을 돌아보지도 않고 물론 이태우 선생에게 따로 인사도 없이 그냥 그 다방을 나왔다. 재수 나쁜 날이었다.

그러나 그 후 며칠이 지나자 나는 자꾸만 그 다방에 다시

가 보고 싶어졌다.

나는 '길길길'도 '앗싸리 쇼오부'도 쉽게 잊어버렸다. 다만 등창의 아픔을 참고 고래고래 소리치던 그의 비분강개만은 잊을 수가 없었다. 나는 그것을 좋아했던 것이다.

그가 지금 와서 욕쟁이가 아닌 척하는 것은 참을 수 없는 배신이다. 나는 그의 배신을 용서할 수 없다. 어떻든 그를 다시 욕쟁이로 만들고 말 테다.

그의 욕이 내 생활을 꿰뚫고 내 행복을 간섭하고, 그의 욕이 이 기름진 시대를 동강 내어 그 싱싱한 단면을 보여 주며 이것은 허파, 이것은 염통, 이것은 똥집, 이것은 암종, 이것은 기생충 하고 고래고래 소리 지르게 하고 싶다. 나는 이런 부질없는 소망으로 몸이 달았다.

참다못해 나는 다시 그 다방을 찾기 시작했고 몇 번이나 허탕을 친 끝에 그를 다시 만날 수 있었다. 그는 전보다 더 풀이 죽어 있었다. 그는 애가 몇이냐는 둥 남편은 뭘 하느냐는 둥 시시한 소리를 몇 마디 하다가 자기 패거리들한테로 갔다. 그들은 내 쪽을 보면서 요전보다 더 노골적으로 야비하게 길길댔다.

다시는 만나지 말아야지. 나는 구정물을 뒤집어쓴 복슬강아지처럼 온몸으로 진저리를 치며 그 다방을 나왔다.

그러나 나는 며칠 후 다시 그를 만날 수 있는 장소에 나타났고, 그 후 자주자주 만났고, 만나는 장소도 그 길길대는 친구들을 피해 요리조리 호젓한 곳으로 바뀌었다.

우리는 그사이에 조금씩 서로를 알기 시작했다. 그는 내가 애가 몇이고 내 남편이 뭘 해 먹고 사는 사람인가를 알았을 테고, 아마 월수입이 얼마나 되나까지 어림했을 테고, 내가 더

할 나위 없이 행복하다는 것을 알았을 것이다.

나는 그가 외손주는 보았으나 아직 친손주가 없다는 것, 그도 그럴 것이 외아들이 이제 겨우 고등학교생 적이라는 것을 알았고, 사모님이 M백화점에서 양품점을 해서 살림은 그럭저럭 꾸려 나가나 집에서의 그의 체면이 말이 아니라는 것을 알았고, 요새 어떤 일을 그 길길대는 친구들과 꾸미고 있는데 곧 잘될 듯 될 듯하면서 아직 잘되지 않았지만 꼭 잘되고 말 것이라는 것을 알았다.

그런데 나는 아직도 그가 욕쟁이일 수 있나, 그 통쾌한 욕의 연료가 될 분노가 조금이라도 그에게 남아 있나, 그것만은 탐지해 내지 못한 채였다. 물론 나는 그의 욕을 유치하려고 내 딴에는 지능적으로 내 꾐을 피했다. 그래도 나는 그냥 그가 어느 날엔가 욕을 하리라고 기다리며 바랐다.

자연히 그와의 만남은 내 쪽이 능동적이고 그는 당하고만 있는 셈이었다. 그는 점점 침울해졌다. 그 때문인지 그의 사업 때문인지, 말수도 줄고 길길대지도 않았다. 내 집요한 소망이 그를 시들게 하는 것처럼 그는 하루하루 풀이 죽어 갔다.

나는 차츰 그에게서 욕을 짜내기는 건포도에서 포도즙을 짜내기보다 어렵다는 것을 깨닫게 되었다. 나는 그를 만나기를 그만두지 않았다. 내 앞에서 그는 어떻게든 서울 대학을 가야 된다는 부모의 광기에 꼼짝없이 사로잡힌 삼 년 재수생처럼 죽고 싶은 얼굴을 했다가, 엉뚱한 학의를 보였다가 했지만 나는 그를 쉽사리 자유롭게 해 줄 것 같지 않았다.

우리들의 사귐은 이렇게 기름 안 친 기계의 운동처럼 고단하고 힘들고 쇳소리가 나게 지긋지긋했다.

그래도 나는 그가 다시 욕쟁이이기를 단념 못 하고 집요하게 따라다녔다.

나는 본래 천성으로 그렇게 끈덕진 데가 있었나 보다.

어머니는 내가 갓난아이 때부터 말 못할 고집쟁이였다고 내가 고집을 부릴 때마다 "쯧쯧, 세 살 적 버릇이 여든까지 간다더니." 하며 심히 못마땅해했다. 그리고 세 살도 못 됐을 적 얘길 해 주곤 했다.

나는 너무 일찍부터 아우를 봐서 돌도 되기 전에 어머니의 젖은 말라붙었다. 그런데 나는 한사코 암죽도 미음도 안 받아먹고 빈 젖만 악착같이 빨았다. 키니네나 고춧가루까지 발라도 막무가내였다. 어머니 젖꼭지는 문드러지고 피가 솟았다. 참다못해 어머니는 사람 살리라고 처절한 비명을 지르고 결국은 비명을 듣고서야 나는 젖꼭지를 놓아주었다. 어머니도 약아져서 아프기 전에 미리 엄살로 비명을 질러 봤지만 소용이 없었다. 고 어린 게 어떻게 알고, 꼭 정 참을 수 없는 비명에만 젖꼭지를 놓아주었다.

"참 지독한 계집애였지." 어머니는 그 얘기를 할 때마다 몸서리를 쳤다.

나는 그때의 나를 조금이라도 기억할 리가 없다. 그러나 그때의 나를 완전히 이해할 수 있다. 이미 나를 배반하고 젖줄의 방향을 배 안에 있는 다른 생명에게로 바꾼 잔인한 모성에게 내가 기대한 건 이미 젖줄은 아니었을 게다.

그래. 그때 내가 원한 건 젖줄 대신 바로 비명이었던 것이다.

지금의 나도 그때처럼 이미 이태우 선생으로부터 욕을 단념하고 비명이라도 신음이라도 기다리고 있는지도 모른다.

그러던 어느 날, 이태우 선생이 기다리고 있어야 할 다방

에 그 대신 리본처럼 접은 편지가 기다리고 있었다. 성의 없이
갈겨쓴 글씨가 지저분하게 비틀대고 있었다.


— 숙이, 난 또 한 번 불운을 잡기로 했어. 제기랄. 아마 이
게 내가 잡은 불운의 마지막이겠지. 다신 사업 같은 걸 할 것
같잖고, 누가 날 한패거리로 다시 붙여 줄 것 같지도 않으니
까. 숙이 정말이지, 맹세코 정말이지, 불운이 날 잡은 게 아니
고, 내가 불운을 잡았다니까. 들어 보겠어. 이번 일도 (다분히
사기성을 띤 일, 돈 없이 돈 버는 일이란 다 그렇구 그렇듯이) 거진 다
된 거래. 마지막으로 도장만 하나 맡으면 입으로 굴러 들어온
떡이나 마찬가지라는군. 그런데 그 도장을 쥔 높은 양반이 내
옛 제자라나. 당연히 내가 도장을 맡는 일을 맡고 말았지. 실
상 난 이번 일을 꾸미는 데 숙이와 재미를 보느라고 (내 패거리
들이 한 소리야.) 방관만 하고 있었으니 그 일이라도 해야만 면
목이 설 판이었어. 그러니 나를 위해선 얼마나 잘된 노릇이
야. 힘 안 들이고 생색낼 큰일을 맡게 됐으니. 그런데 난 그 제
자라는 높은 사람을 만나 보지도 않고 그 일을 하기가 싫어졌
어. 제기랄. 내 일은 꼭 이렇게 되고 만다니까. 다시 친구들을
볼 면목도 없게 됐어. 나는 서류 일체를 찢어 버리고 내친 김
에 아주 호주머니를 말끔히 정리하다 보니 숙이와 찍은 천연
색 사진이 한 장 남게 되더군. 왜 그때 고궁에서 오 분 만에 나
온다고 사진사가 어물쩍대며 찍은 거 있잖아. 숙이는 돈만 내
고 사진은 별로 탐탁해하지도 않길래 내가 넣어 둔 거야. 이것
밖엔 지금 나에겐 아무것도 없어. 좀 괴롭군. 독한 소주나 한
병 마시고 싸구려 여관방에서 자고 들어갈까 해. 그런데 이 사
진 때문에 좀 이상한 생각이 들어. 그 여관방에 만약 연탄가

스라도 들어와 내가 죽는다면 이 사진, 내 단 하나의 소지품은 어떤 구실을 할까 하는 생각 말야. 아마 적잖이 숙이를 난처하게 할 거야. 더구나 내 친구들은 숙이와 내가 이상한 사이인 줄 알고들 있으니. 난처해지는 숙이를 상상하는 게 즐거워. 여태껏 숙이가 날 난처하게 한 복수심에서일까. 내가 너무 야비한가? 난 내 즐거운 공상 때문에 그까짓 연탄가스를 기다릴 게 없이 소주에 청산가리를 타 마실까 하는 생각까지 들어. 숙이 겁나지? 그러니 아무리 스승이었다손 치더라도 유부녀가 외간 남자를 괜히 만나는 게 아냐. 이로울 건 하나도 없다니까. 죽어 버릴 생각을 하니 그래도 절차는 갖출 만큼 갖춰야 게 아닌가고 유서 삼아 이것을 쓰는 거야. 내가 좀 치사한가? 그렇지만 안 죽을지도 모르겠어. 청산가리가 그렇게 쉽사리 구해질는지도 모르겠고 연탄가스가 새는 방에 들게 되는지도 두고 봐야 아는 거니까. 그렇지만 우리는 다시는 안 만나는 게 좋겠어. 유부녀가 외간 남자를 자주 만나 이로울 건 없다니까. 물론 숙이에겐 내가 외간 남자가 아니라 욕쟁이였다는 걸 나는 알아. 그렇지만 숙이, 요새는 나 같은 고전적 욕쟁이의 시대는 아닌가 봐. 내가 너무 비겁한가? 그러니 나를 내버려 둬 줘. 나를 숙이의 기대로부터 풀어 줘. 나에게 욕을 조르지 말아 줘. 날 고만 쥐어짜. 제발 날 살려 줘 ─.

　　소주병을 따기 전 맑은 정신으로 이태우.

　　追伸. 원 세상에 유서에 살려 달라고 쓰는 머저리가 다 있으니…….


　　그는 이렇게 죽었다. 그가 그날 청산가리를 구했는지, 연탄가스가 새는 여관방이라도 구했는지, 그도 저도 못 구하고 나로부터 잠적한 건지 그것은 모르지만 어차피 나에게 있어서 그는 죽은 것이다.

일요일 아침이었다. 남편은 늦잠에서 깨어나 이불 속에서 조간신문을 읽고 있었다. 남편이 저렇게 신문을 오래 보는 적은 없었는데. 신문에 가려 남편의 얼굴은 볼 수 없었지만 그의 손이 부들부들 떨고 있지 않은가.

대문짝만한 사진, '의문의 변사체', '품고 죽은 사진', '치정 사건', '혼외정사' 이런 활자들의 엄청난 파괴력에 내 울타리가 우르르 유약하게 무너지는 소리가 들린다. 나는 마침내 질긴 내 울타리로부터 자유로워진 것이다. 아니 울타리 밖의 회오리바람 같은 자유 속에 내던져진 것이다. 나는 두렵다. 내가 소유하게 된 자유가. 나는 도저히 그것을 감당할 것 같지 않다. 벌써 비틀대기 시작한다.

나는 정말로 몸의 중심을 잃고 비틀대다가 쟁반에 받쳐 들고 온 커피를 요 바닥에 엎질렀다.

"왜 그래? 하마터면 델 뻔했잖아."

남편은 후다닥 놀라며 보고 있던 신문을 치운다. 그는 아직도 키들키들 웃고 있다.

"미안해요. 근데 무슨 재밌는 기사라도 읽으셨어요?"

나는 안도의 숨을 내쉬면서 아직도 목소리는 좀 떨린다.

"응. 먼로는 시인이었대."

"네?"

"마릴린 먼로 있잖아? 왕년의 육체파 여우 말야. 그 여자가 글쎄 생전에 시를 썼었다는구만. 아마도 곧 시집까지 나올 모양이야."

"그래 책 광고라도 났어요?"

"급하긴 젠장. 해외 토픽이야. 요새 신문에서 볼 거라곤 해외 토픽밖에 더 있어? 그렇지만 먼로가 시를 썼다니 사람 웃기는군. 그렇게 몸뚱이가 기막히게 좋은 여자가 뭐 답답해 시를 썼겠어. 책이나 팔아먹으려는 협잡이 뻔하지."

일요일 아침의 남편은 한층 행복하다. 마치 그 '몸뚱이가 좋은 여자'의 몸뚱이를 구석구석 싫도록 주물러 댄 경험이라도 있는 것처럼 그 방면에 도통한 듯한 음탕하고 권태롭고 느글느글한 웃음을 흘리면서 기지개를 늘어지게 켠다. 나에게 아무 일도 안 일어나고 만 것이다. 다만 먼로라도 간음하고 난 척하는 남편이 아니꼬우면 나도 그동안 서방질이라도 한 척 능글스러울 수도 있을 것이다.

침실에 일요일 아침 시간이 늪처럼 고이고, 음습하고 권태로운 욕망이 수초처럼 흐늘흐늘 흐느적대며 몸에 감긴다. 나는 남편에게 익숙하게 붙잡힌다. 나에게 그의 먼로가 돼 달라는 눈치다. 나는 그의 먼로가 된 채 내가 짜낸 이태우 선생의 비명을, 신음을 생각한다.

"날 놔줘." "제발 날 살려 줘." 그건 어떤 소리 빛깔을 하고 있었을까. 지렁이 울음소리 같았을까 몰라. 그 신음을 육성으로 들어 두지 못한 건 참 분하다.

# 카메라와 워커

나에게는 조카가 하나 있다. 가끔 나는 내가 내 아이들보다 조카를 더 사랑하고 있는 게 아닌가 하고 생각할 때마다 조카가 생후 사 개월, 내가 스무 살 때 겪은 육이오 사변을 생각 안 할 수 없다. 그때 며칠 건너로 오빠와 올케가 차례로 참혹한 죽음을 당하자 어머니와 나는 어린 조카를 키울 일이 도무지 막막하기만 했다. 우유는 고사하고 밥물이라도 끓일 몇 줌의 흰쌀을 구할 주변머리도 경황도 없었다. 어머니는 푸성귀하고 보리하고 끓인 멀건 국물을 아기 입에 퍼 넣었다. 설탕도 못 넣은 이런 국물을 아기는 도리질하며 내뱉고 밤새도록 목이 쉬게 울었다. 어머니는 쯧쯧 불쌍한 거 할미 젖이라도 빨아 보렴 하며 자기의 앞가슴을 헤쳤다. 담벼락 같은 가슴에 곧 떨어져 버릴 병든 조그만 열매처럼 매달린 젖꼭지를 아기는 역시 도리질로 거부했다. 아기는 젖꼭지를 물어도 보기 전에 조그만 손으로 가슴을 더듬어만 보고도 알았던 것이다. 결코 젖줄을 간직한 가슴이 아니라는 것을.

"늙은이 젖도 자주 빨면 젖이 나온다던데."

어머니는 아기가 젖을 물기만 하면 자기 젖에서 당장 젖이 펑펑 쏟아질 텐데, 아기가 안 빨아서 아기 배가 곯는 양 안타까워하다가 드디어는 아기의 엉덩이를 두들기기 시작했다. 토실한 엉덩이에 어머니의 손가락 자국이 선명히 솟아오르고 아기는 목이 쉬어서 차마 들을 수 없는 이상한 소리를 내면서, 울음을 토했다 숨이 깔딱 막혔다 했다.

그때 나는 별안간 내 가슴에 퍼진 실핏줄들이 찌릿찌릿하면서 뿌듯해지는 걸 느꼈다. 아니, 실핏줄이 아니라 바로 젖줄이다. 나는 그렇게 확신했다.

나는 올케가 해산하고 나서 아기에게 젖을 주려고 처음으로 사람들 앞에서 헤친 가슴의 잔뜩 분 탐스럽고 단단한 젖보다 훨씬 더 아름답고도 풍만한 젖가슴을 갖고 있었다. 이 젖이 돌기 시작하고 있다고 나는 확신했다.

젖이 돌 때는 가슴이 찌릿찌릿하면서 뿌듯해진다는 건 올케한테 들은 소린데 그것까지 똑같지 않나.

나는 어머니로부터 아기를 거칠게 빼앗아 안았다. 그리고 서슴지 않고 앞가슴을 헤쳤다. 아기의 손이 내 살찐 젖무덤을 더듬더니 이내 울음을 뚝 그치고 다급하게 "흐웅, 흐웅." 하며 허겁지겁 온 얼굴로 내 가슴으로 파고들었다.

그러나 내 젖꼭지가 채 아기의 마른 입술에 닿기도 전에 어머니의 거친 손에 나는 아기를 빼앗기고 말았다. 어머니의 얼굴은 딸의 간음 현장이라도 목격한 것처럼 분노와 수치로 핏기마저 가셔 있었다.

"세상에, 망측해라. 처녀 애가, 없는 일이다. 암 없는 일이고말고."

아기는 코언저리가 새파랗게 질려 사색이 돌 만큼 자지러지게 울기 시작했지만 목이 잠겨 늙은이 가래 끓는 소리같이 기분 나쁜 소리가 끊겼다 이어졌다 했다.

나는 아기의 이런 울음소리를 듣자 느닷없이 가슴에서 젖줄이 넘쳐, 정말로 펑펑 넘쳐 옷섶을 흥건히 적시고 있는 것처럼 느끼며 이런 풍요한 젖줄과 목마른 아기를 굳이 떼어 놓는 어머니에게 격렬한 적의마저 품었다.

그런 일은 오빠와 올케의 죽음이 정리되기도 전, 그러니까 상중의 일이었으니 상중의 일치곤 그리 대단한 일은 아닐지도 모른다. 난리 중에 벼락 맞듯 두 참사를 한꺼번에 당한 집안 사정이 오죽했으며, 그런 일을 당하기까지의 사연인들 오죽했을까만, 나는 유독 조카의 목마름, 배고픔의 광경만을 딴 일과 뚝 떼어서 밑도 끝도 없이 선명하게 기억한다.

설사 난리 중이 아닌 평화 시라도 졸지에 엄마를 잃은 아기는 당분간은 배고프고 내팽개쳐지는 게 스스로가 타고난 박복이 아니겠는가. 그런데도 그때의 그 일이 차마 못할 짓의 기억으로 아직도 생생하니 아프다.

그것은 아마 젖줄이 솟은 것 같은 신기한 기억 때문일 것이다. 그때 내가 젖을 물릴 수 있었다손 치더라도 젖이 나왔을 리 없다는 걸 그 후 나도 알긴 알게 되었다. 그렇지만 그때 가슴이 찌릿찌릿하니 뿌듯하게 옷섶을 적시며 넘치던 게 전연 아무것도 아니었다고는 도저히 생각할 수 없다. 조카에 대한 고모 이상의 것, 이를테면 모성이 아니었던가 싶다.

그 후 아기는 푸성귀하고 보리하고 끓인 푸르죽죽한 국물도 잘 받아먹게 되었다. 때로는 그것보다는 좀 나은 아기의 먹을 것을 장만할 수 있을 때도 있었다. 그러나 나는 자주자주 어쩔 줄을 몰라 했다. 딱딱한 놋숟갈을 착살맞도록 쪽쪽 핥는 아기의 부드러운 입술에 젖을 물리고 싶다는 생각과 처녀가 젖을 빨린다는 건 아주 망측한 일이라는 생각 사이에 억눌려서 어쩔 줄을 몰랐던 것이다.

그 후 수복이 되고, 나는 미군 부대 하우스걸 같은 걸 하면서 아기에게 우유를 먹일 수 있었고 놋숟갈 대신 고무젖꼭지를 물릴 수 있었다. 피란을 다니면서도 아기에겐 미제 우유를 먹일 수 있었다. 나는 자유를 위해 피란을 가는 게 아니라 돈만 있으면 우유를 살 수 있는 세상을 따라 남으로 움직였다.

조카는 잔병치레 하나 안 하고 잘 컸다. 천덕꾸러기란 다 그렇게 크게 마련이라고 어머니는 말했지만 나는 그 말이 듣기 싫었다. 어머니라고 당신 앞에 남겨진 이 집 대를 이을 단 하나의 핏줄인 손자가 소중하지 않을 리야 없겠지만 난 지 백날 만에 애비 에미를 잡아먹은 ─ 이런 끔찍스러운 말을 썼다. ─ 손자를 가끔가끔 불길스러운 듯 구박을 했다. 아아, 어머니는 왜 이 조그만 아기의 팔자 따위가 그 육이오 사변같이 엄청나게 큰 불길스러운 일을 일으킬 수 있다고 생각한 것일까.

조카는 말을 배우면서 아줌마 소리를 제일 먼저 했지만 아기들 말이 으레 그렇듯이 발음이 정확지 않아 '아윰마', 조금 응석을 부리면 '암마'로 들렸다. 어머니는 그걸 몹시 싫어해서 '아줌마' 대신 '고모'라는 말을 가르치기 시작했다. 잘못해서 아윰마 소리가 나오면 엉덩이를 맞아야 했다. 어머니는 "이 경을 칠 녀석, 또다시 그런 소릴 할련 안 할련." 하며 엉덩이를 모질게 찰싹찰싹 때렸다.

그리고 나한테는 조카를 너무 귀여워하는 게 아니라고 했다. 모르는 사람이 보면 꼭 모자지간같이 보인다는 거였다. 실제로 누구도 그러고 아무개도 그러는데, "따님하고 외손주하고 사시는구만, 사위는 군인 나갔수? 납치당했수?" 하더라는 거였다. 그만큼 그 시절엔 집에 장정 남자 식구가 없는 건 조금도 이상스럽지 않았다.

그러다가 혼인길 막히는 거 아닌지 모르겠다고 어머니는 근심했다. 조카는 최초의 말 "암마" 소리를 엉덩이를 맞아 가며 부정당하고부터는 말 없는 아이로 자랐다. 그리고 나는 혼인길이 트이어 시집을 갔다. 마치 자식을 떼어 놓고 개가해 가는 과부처럼 청승맞은 기분으로 죄의식조차 느끼며 시집을 갔다. 부부만의 단출한 살림이고 보니 친정 출입이 잦았다.

방마다 세를 들인 커다란 낡은 집 안방의 옴두꺼비 같은 구식 세간들 사이에서 할머니하고 단둘이 살아야 하는 어린 조카가 문득 불쌍한 생각이 나면 곧장 달려가곤 했다. 새로 난 장난감도 사 가고 주전부리할 것도 사 가지고 가서 한바탕 유쾌하게 수선을 떨다 왔다. 이런 나를 어머니는 시집을 가도 하나도 철이 안 난 주책바가지라고 나무라며 못마땅해하고, 사위에겐 미안쩍어하기도 했지만, 나는 그게 아니었다. 나는 친정집의 곰팡내 나는 음습한 분위기로 해서 조카의 동심에까지 곰팡이가 슬까 봐 내가 햇빛이고자 바람이고자 그렇게 하는 거였다. 실제로 나를 맞는 조카의 얼굴은 음지가 양지로 변하는 것처럼 환하게 변했다.

나도 첫 애기를 낳게 되었다. 꼭 둘째 아기를 낳는 기분이었다. 둘째 아기를 낳는 엄마라면 누구나 하는 근심, 아우에게 사랑을 빼앗긴 맏이의 상처받은 동심을 어떻게 위무할 것인가 하는 근심과 똑같은 근심을 나는 내 조카 때문에 했으니 말이다.

내 첫애는 딸이었고, 나는 내 딸이 엄마 아빠 소리보다 오빠 소리를 먼저 할 만큼 따로 사는 친정 조카를 우리 식구처럼, 식구라도 상식구처럼 키우는 데 지나칠 만큼 신경을 썼다. 남편이 딸애를 주려고 과자를 사 와도 "이건 오빠 거." 하며 우선 몇 개 집어 두었고, 신발을 한 켤레 사려도 "이건 오빠 거, 이건 혜란이 거." 매사를 이런 식으로 했다.

마침내 조카가 국민학교에 들어가게 됐다. 나는 꼭 첫애를 국민학교에 보내게 된 젊은 엄마처럼 흥분해서 어쩔 줄을 몰랐다. 매일 딸을 데리고 따라가서 "혜란아 오빠 찾아내 봐, 조오기, 조오기 있지. 우리 혜란이 오빠가 제일 잘하네. 노래도 제일 잘하고 유희도 제일 잘하고, 그치 혜란아." 하며 수선을 떨었다.

그러나 고모는 고모지 아무려면 엄마만 할 수야 있겠는가. 나는 지금도 조카의 첫 소풍날을 잊을 수 없다. 그때도 국민학교 일 학년 첫 소풍은 창경원이었다.

어머니는 아침부터 줄창 조카를 따라다니기로 하고 나는 점심을 싸 가지고 나중에 가서 창경원 속에서 만나기로 했다. 만나는 장소는 연못가로 하여 행여 어긋나는 일이 있을까 봐 나는 용의주도하게 남편이 결혼 전에 차던 팔목시계까지 어머니 팔목에 채워 드렸다. 그러고도 나는 어머니가 못 미더워 골백번도 더 "11시 정각에, 연못가." 소리를 했더랬다. 그런 내가 한 시간이나 더 늦게 가고 말았다. 도시락도 요리책을 봐가며 좀 멋을 부려 봤지만, 내 모양을 내는 데 분수없이 시간을 잡아먹었다. 미장원에 가서 머리도 새로 했고, 화장도 정성들여 했고, 옷도 거울 앞에서 몇 번을 갈아입어 봤는지 모른다. 그때만 해도 내 용모에 어느 만큼은 자신이 있을 때라 나는 군계일학처럼 딴 엄마들 사이에서 뛰어나길 바랐었다. 그래서 조카까지가 그런 우월감으로 엄마 대신 고모라는 서운함을 메울 수 있기를 바랐었다. 그러다가 그만 한 시간이나 지각을 하고 만 것이다.

어머니는 미련하게도 그 한 시간 동안을 줄창 연못가에서 나만 기다리느라 정작 아이들이 해산하는 것도 모르고 있었다. 부랴부랴 어머니를 몰아세워 아이들이 집합해서 단체 놀이를 벌이던 곳으로 갔으나 아이들은 이미 뿔뿔이 헤어져 가족들과 점심을 먹고 있었다. 거의 한 시간이나 넘어 창경원 안을 미친 듯이 헤맨 끝에 조카를 만났다. 조카는 그때까지 그래도 국민학교 일 학년생으로서의 체면상 가까스로 참았던 울음을 내 치마폭에 얼굴을 묻자마자 서럽게 터뜨렸다. 철들고 나서 그렇게 몹시 운 것은 처음이어서 나는 당황했다. "고모가 나쁘다, 나쁜 년이다." 나는 정말 내가 나를 때리는 시늉까지 해 가며 달래다 못해 같이 울어 버리고 말았다.

점심시간은 엉망일 수밖에 없었다. 워낙 몹시 운 끝이라 울음을 그치고 나서도 흑흑 느끼느라 김밥 하나를 제대로 못 넘겼다. 내 조그만 허영이 불쌍한 조카의 일 학년 첫 소풍의 추억을 이렇게 슬프게 얼룩져 놓고 만 것이다.

내가 그애의 엄마라면 뭣 하러 그런 허영을 부렸겠는가. 내가 내 아이들보다 조카를 더 사랑한다는 느낌에는 그런 허영과도 공통된 과장과 허위가 있음직도 하다.

조카는 자랄수록 죽은 오빠를 닮아 갔다. 아들이 애비 닮은 것은 당연한데도 어머니와 나는 그게 못마땅하고 꺼림칙했다. 외모가 닮은 건 어쩔 수 없다손 치더라도 말이 없는 것까지 닮은 걸 보면 속까지 닮았을까 봐 제일 그게 걱정이었다.

오빠는 늘 침울한 편이었고 너무 말이 없었다. 그래도 가끔 친구들과 어울릴 때면 도맡아 떠들어 댔던 것으로 미루어, 본래의 성품이 그랬던 게 아니라 집안 식구와 공통의 화제가 없었더랬는 게 아닌가 싶다. 집안 여자들이 흥미 있어 하는 살림 걱정, 살림 재미, 친척의 소문, 계절의 변화 등에 오빠는 도무지 무관했다. 오빠는 일제 말기에 전문학교까지 나온 주제에 해방되고도 직장이라곤 가져 본 적이 없다. 나는 이런 오빠를 막연히 빨갱이라고 생각했었다. 오빠방의 책이 맨 그런 책이었고, 친구들과 떠드는 소리를 엿들어 봐도 누가 들으면 큰일 날 불온한 소리였기 때문이다.

나는 어머니에게 오빠가 빨갱이일 거라고 일러바쳐 어머니를 전전긍긍하게 했다. 어머니는 서둘러서 오빠를 장가들였다. 외아들이니 빨리 손을 봐야겠기도 했지만, 처자식이 생기면 자연히 책임이라는 것을 의식하게 될 테고 그러면 위험한 짓도 삼가게 되려니와 직업을 갖게 될지도 모른다는 게 어머니의 속셈이었다.

오빠는 순순히 장가를 들어 주었고, 이내 첫아기를 본 게 또 아들이어서 제법 푸짐하게 백날 잔치까지 하고 나서 며칠 만에 육이오가 터졌다. 나는 속으로 이제야말로 오빠가 활개 칠 세상이 왔나 보다고 생각했다. 처음엔 내 추측이 들어맞는 것 같았다. 불안할 만큼 생기가 나서 뻔질나게 외출을 했다. 그러다가 다시 침울해지더니 바깥출입을 끊고 들어앉았다가 친한 친구한테 반강제로 끌려 나간 후 죽어서 돌아왔다. 그 후 올케까지 친정으로 쌀을 얻으러 가다 폭사를 해, 내 조카는 그만 고아가 되고 만 것이다.

그래서 우리 모녀는 지금까지도 오빠가 빨갱이였는지, 흰둥이였는지, 아예 그런 사상 문제엔 집안일에 관심이 없었던 것처럼 관심도 없었는지, 그것조차 분명히 알고 있지를 못하다. 다만 어머니는 아들 치다꺼리만 했지 한 번도 아들이 벌어 오는 밥을 못 얻어 잡숴 본 게 가슴 깊이 맺힌 한이어서 아무쪼록 오래 사셔서 하루라도 손자가 벌어 오는 밥을 얻어 잡숴 보는 게 소원이시다. 손자가 좋은 학교 나와서 착실한 직장을 가지고 결혼해서 일요일이면 처자식 데리고 카메라 메고 놀러 나가고 당신은 집을 봐 주는 게 평생소원이시다.

카메라 메고 공일날 야외에 나갈 만큼의 출세랄까 안정이랄까 그게 어머니가 훈이(내 조카 이름)에게 바라는 전부였고, 나도 어머니가 노후에 카메라 메고 야외에 나간 손자 내외의 집을 봐 주는 정도의 행복은 누리게 하고 싶었다.

훈이가 고등학교 이 학년이 되자 반을 문과 이과로 나누게 되었고, 훈이가 나한테는 아무 상의도 안 하고 문과를 택한 걸 나는 나중에야 알았다. 나는 우선 그런 문제를 나한테는 상의 한마디 안 한 게 서운했고, 어머니는 어머니대로 오빠가 전문학교에서 문과였다는 것만으로 덮어놓고 문과를 싫어했다. 그래도 나는 훈이 편이 되어 고등학교 문과가 반드시 장래 문학 지망을 의미하지는 않는다고 어머니를 설득하려 했지만 어머니는 지레 겁을 먹고 있었다. 어머니는 오빠가 평생 사회에 참여해서 돈 한 푼 벌어들인 일이 없는 주제에 까닭 없이 죽어야 하는 일엔 끼어들고 말았다는 사실이 문과 출신이라는 것과 반드시 무슨 상관이 있다고 믿고 있었기 때문이다.

나는 그럴 리가 없다고 어머니를 위로하면서도 속으론 어머니 생각에 동조하고 있었으므로 더 늦기 전에 일을 바로잡아 보리라 마음먹었다. 나는 학교에 쫓아가서 담임 선생님에게 애걸하다시피 해서 훈이가 문과에서 이과로 전과를 할 수

있도록 했다. 그러고 나서 훈이를 설득하려 들었다. 나는 막연
히 훈이를 두려워하면서 중언부언 내 말을 했고, 훈이는 언제
나처럼 말없이 젊은이다운 대담한 시선으로 나를 쏘아보았다.

"훈아, 너희 담임 선생님이 그러시는데 너는 인문계보다
는 이공계가 더 적성에 맞는대. 좀 좋아. 공대 같은 데 가면 요
새 공장이 많이 생겨서 공대 출신이 제일 잘 팔린다더라. 넌
큰 기업체에 취직해서 착실하게 일해서 돈도 모으고 연애도
하고 결혼도 해서 살림 재미도 보고 재산도 늘리고, 그리고 살
아야 돼. 문과 가서 뭐하겠니? 그야 상대나 법대로도 풀릴 수
있지만 그게 그리 쉬우냐, 까딱하단 문학이나 철학이나 하기
가 꼭 알맞지. 아서라 아서. 사람이 어떡허면 편하고 재미나
게 사느냐를 생각하지 않고, 사람은 왜 사나, 뭐 이런 게지. 돈
을 어떡허면 많이 벌 수 있나 하는 생각보다 돈은 왜 버나 뭐
이런 생각 말이야. 그리고 오늘 고깃국을 먹었으면 내일은 갈
비찜을 먹을 궁리를 하는 게 순선데, 내 이웃은 우거짓국도 못
먹었는데 나만 고깃국을 먹은 게 아닌가 하고 이미 배 속에 들
은 고깃국조차 의심하는 바보짓 말이다. 이렇게 자꾸 생각이
빗나가기 시작하면 영 사람 버리고 마는 거야. 어떡허든 너는
이 사회에 순응해서 이득을 보는 사람이 돼야지 괜히 사회의
병폐란 병폐는 도맡아 허풍을 떨면서 앓는 소리를 내는 사람
이 될 건 없잖아."

"고모, 아버지가 그런 사람이었나요?"

훈이가 내 말의 중턱을 자르며 푸듯이 말했다. 나는 당황
했다. 훈이가 아버지에 대해 뭘 물어본 게 이번이 처음이라 그
렇기도 했지만, 내가 오빠에 대해 오랫동안 몰래 추측하고 있
던 걸 훈이한테 느닷없이 들키고 만 것 같아 더 그랬다.

나는 아니라고 강하게 부인하고 다시 아까 한 소리를 간곡하게 되풀이했다. 내 말에 감동했는지 귀찮아서 그랬는지 아무튼 훈이는 내가 옮겨 준 대로 이과에 잘 다녔다. 그러나 형편없이 성적은 떨어졌다. 때마침 공대가 붐을 이룰 때라 우수한 지원자가 많이 몰려 훈이는 대학 입시에 낙방했고, 재수는 막무가내 싫다고 해서 삼류 대학 공대 토목과에 들어갔다.

훈이가 대학에 다니는 사 년 동안 내내 대학가는 어수선해서 데모, 휴교, 조기 방학의 악순환의 연속이었다. 데모가 있을 때마다 나는 훈이가 그런 데 휩쓸릴까 봐 애를 태우고 미리미리 타이르고 했다.

"행여 그런 데 끼지 마라. 관심도 갖지 마라. 너는 기술자가 될 사람야. 세상이 어떻게 되든 밥벌이 걱정은 안 해도 될 기술자라는 말야. 기술자는 명확한 해답을 얻어 낼 수 있는 문제에만 관심을 가지면 되는 거야. 알았지?"

그러고는 혹시 꾐에 빠져서라도 그런 데 끼어들었다간 졸업 후 취직도 못 하고 일생 망치기 십상이라고 공갈을 쳤고, 너는 꼭 대기업에 취직해서 안정된 생활을 누리고 예쁜 색시얻어 일요일이면 카메라 메고 동부인해서 야외로 놀러 나갈 만큼은 재미있게 살아야 한다고 설교를 했다. 훈이는 한 번도 말대꾸하는 법이 없었지만 거칠고 대담한, 그리고 경멸하는 듯한 시선으로 나를 쏘아봤다. 그러면 나는 괜히 부끄러워져서 딴전을 보며 지껄여 댔다. 나는 부끄럼을 타면서도 꽤나 줄기차게 그런 말을 훈이에게 했었나 보다. 대학교 졸업반 때 나는 돈의 여유가 좀 생긴 김에 훈이에게 카메라를 하나 사 주고 싶어 의향을 물어봤더니 단호하게 거절하며 하는 말이

"고모, 난 카메라라면 지긋지긋해. 이가 갈려. 생전 그런

거 안 가질 거야."

그럭저럭 무사히 졸업하고 입대했지만 곧 의가사 제대를
할 수가 있었다. 이제 취직 문제만 남았는데 이것만은 그렇게
쉽지가 않았다. 대기업은커녕 착실한 중소기업의 문턱도 낮
지는 않았다. 막상 취직 문제에 부딪치고 보니 남의 떡이 커
보이는 식으로 이공계보다는 인문계 출신의 문호가 훨씬 넓
어 보이는 게 우선 나로서는 적잖이 속상하는 일이었다. 그래
도 다행인 건 훈이가 그런 문제에 나를 원망하려는 기색이 조
금도 안 보이는 거였다. 말없이 고분고분 취직 시험을 수없이
보고, 보는 족족 떨어졌다. 어떤 곳에선 아예 서류 심사부터
낙방을 시키는 걸 보면 대학교 성적이 시원치 않았던 것 같다.

어머니와 나는 한 번도 훈이가 대통령이나 장군이나, 재
벌이나 판검사나 그런 게 되기를 바란 적이 없다. 정직하고 벌
어먹을 수 있는 기술 가르쳐 대기업에 붙여, 공일날 카메라 메
고 야외에 나갈 만큼의 사람 사는 낙을 누릴 수 있기를 바랐을
뿐이다. 그런데 그나마도 쉽게 되어 주지를 않았다. 취직 시험
도 하도 여러 번 치르니, 보러 가기도 보러 가라기도 점점 서
로 미안하게 되었다. 이 년 가까이를 이렇게 지겹게 보내던 훈
이가 어느 날 나에게 해외 취업의 길을 뚫을 수 있을 것 같으
니 교제비로 돈을 좀 달라는 당돌한 요구를 해 왔다.

"뭐라고, 해외 취업? 그럼 외국에 나가 살겠단 말이지. 그
건 안 된다."

"왜요 고모, 쩨쩨하게 돈이 아까워서? 아니면 고모가 영영
할머니를 떠맡게 될까 봐 겁나서?"

훈이는 두 개의 간략한 질문을 거침없이 당당하게 했다.
마치 이 두 가지 이유 외에 딴 이유란 있을 수도 없다는 말투

였다. 나는 뭣에 얻어맞은 듯이 아연했다.

글쎄 어떻게 설명할 수 있을 것인가. 그 녀석이 꼭 이 땅에서, 내 눈앞에서 잘살아 주었으면 하는 내 간절한 소망의 참뜻을, 지랄같이 무책임한 전쟁이 만들어 놓은 고아인 저 녀석을, 온 정성을 다해 남부럽지 않게 키운 게 결코 내 어머니를 떠맡기고자 함이 아니었음을 어떻게 납득시킬 수 있담.

제가 잘되고 잘사는 것으로, 다만 그것만으로 나는 내가 겪은 더럽고 잔인한 전쟁에 대해 통쾌한 복수를 할 수 있고 그때 받은 깊숙한 상처의 치유를 확인받을 수 있다는 걸 어떻게 저 녀석에게 알릴 수 있을 것인가.

나는 그 녀석을 똑바로 바라보았다. 그 녀석도 나를 똑바로 바라보았다. 시선이 강하게 부딪쳤으나 나는 단절감을 느꼈다. 문득 이 녀석 치다꺼리에 구역질 같은 걸 느꼈으나 가까스로 평정을 가장했다.

"해외 취업은 당분간 보류하렴. 할머니 때문이든 돈 때문이든 그건 네 마음대로 생각해도 좋다. 그리고 취직 문젠데, 너무 고지식하게 정문만 뚫으려고 했던 것 같아. 방법을 좀 바꾸어서 뒷문으로 통하는 길을 알아봐야겠다. 돈이 좀 들더라도……."

"흥, 돈 때문은 아니다 그 말을 하고 싶은 거죠?"

녀석이 나를 노골적으로 미워하며 대들었다. 나는 대꾸도 하지 않았다. 어머니는 곁에서 내가 늘그막에 이렇게 천덕꾸러기가 될 줄은 몰랐다면서 훌쩍였다.

취직 운동이라는 게 막상 부딪쳐 보니 할 노릇이 아니었다. 우리를 위해 발 벗고 나서 애써 줄 유력한 친척이나 친구가 있는 것도 아니니, 그저 좀 잘산다는 동창을 찾아가 남편을 통해 부탁을 좀 하려면 단박 아니꼽게 나오기가 일쑤였다. 토목과 출신만 아니더라도 어떻게 해 보겠는데 요새 워낙 건설업계가 전반적인 불황이라 어쩌구 하면서 마치 제가 이 나라 건설업계를 손아귀에 쥔 듯이 허풍과 엄살을 겸해서 떠는 사람도 있는가 하면 선뜻 이력서나 가져와 보라는 곳도 있긴 있었다. 감지덕지 이력서 가져가 봤댔자 별게 아니었다. 이력서 시큰둥하게 밀어 넣고는 기다려 보라니 기다릴 수밖에 없지만 가타부타 무슨 뒷소식이 있어야 텐데 그저 감감무소식인 데야 다시 어떻게 빌붙어 볼 도리가 없었다.

그러다가 겨우 언어걸린 게 Y건설의 영동 고속 도로 현장의 측량 기사보 자리였다. 거기 현장 소장으로 가 있는 친구 남편이 서울 집에 다니러 온 김에 해 온 연락으로 본인만 좋다면 당장 데리고 가겠다는 거였다. Y건설이라면 국내 건설업계에서는 다섯 손가락 안에 드는 업체였지만 정식 사원이 아니라 현장 사무소장 재량으로 채용하는 임시 직원으로 오라는 거니 우선은 섭섭할 수밖에 없었다. 그래도 한 반년만 현장에서 일 배우고 고생하면 본사 정식 사원으로 상신해 주겠다는 단서가 붙긴 붙었다. 마다할 계제가 아니었다.

현장 소장이 가르쳐 준 준비물은 두둑한 침구, 겨울 내복, 라이너가 달린 잠바, 작업복, 바지, 워커 등이었다. 4월도 하순으로 접어들어 서울에선 벚꽃놀이가 한창인데 현장은 해발 육백 미터의 고지대라 아직도 영하의 추위에 눈이 가끔 내린다고 했다. 어머니는 대문간에서 울면서 훈이를 떠나보내고 나는 마장동 시외버스장까지 전송을 나갔다. 생전 처음 집을 떠나 객지 생활로 들어가는 훈이에게 그저 자주 편지하라는 말밖에 할 말이 없었다.

"자주 편지해. 그리고 아무리 고생이 되더라도 육 개월만 참아다오. 그동안에 무슨 수를 써서든지 정식 사원으로 발령 나도록 해 줄 테니까. 발령 난 다음엔 곧 또 서울로 오도록 운동하면 될 테고. 문제없어, 다 잘될 거야."

나는 훈이가 별로 내 말을 귀담아듣지 않는 줄 알면서도 희떠운 장담을 했다. 훈이를 위로하기 위해서라기보다는 내 불안을 달래기 위해서였다.

짐작했던 대로 훈이한테서는 안부 편지 한 장이 없었다. 한 달에 서너 번씩 서울 집에 다니러 오는 현장 소장을 통해 훈이한테 별일이 없다는 소식이라도 듣게 망정이지 그렇지 않으면 꼭 무슨 사고라도 난 것 같아 달려가 보지 않고는 못 배겼을 게다. 어머니는 나만 보면 듣기 싫은 소리를 했다.

이 년이나 놀리고 나서 취직이라고 시켜 준답시고 어떤 삼수갑산으로 귀양을 보냈기에 이렇게 한 번 다니러 오지도 못하느냐고 하기도 했고, 집세만 받아먹어도 굶지는 않을 텐데 그게 어떤 귀한 자식이라고 객지로 노동벌이를 보냈느냐고도 했다. 대학 문턱에도 못 가 본 사람조차 아침이면 신사복에 넥타이 매고 출근하던데 헌다헌 대학 나온 애가 노동벌이가 웬 말인가, 아무리 애비 에미 없고, 출세한 친척이 없기로서니 이런 서럽고 억울할 데가 어디 있냐고 통곡을 하는 때도 있었다. 나는 이런 일을 묵묵히 견디었다. 그야 어머니 말대로 훈이가 취직을 안 하더라도 뎅그런 집 한 채는 있으니 밥을 굶지는 않겠다. 취직이 단순히 밥벌이만을 의미한다면 훈이는 취직을 안 해도 되겠다. 나는 다만 훈이가 자기가 배운 일을 통해 이 땅과 맺어지고, 이 땅에 정붙이기를 바랐을 뿐이다.

나는 열심히 현장 소장네를 찾아다녔고, 찾아갈 때마다

선물을 잊지 않았다. 어떤 낌새를 눈치 보기 위해서였다. 본사에서 특채가 있는 듯한 낌새만 보이면, 좀 어떻게 상신을 하고 중역하고 교제해 달라고 슬쩍 케이크 상자 속에 수표를 넣어 준다는 '와이로'[5] 쓰기를 하겠는데 영 그런 낌새는 보이지 않았다.

한여름이 되도록 훈이는 한 번 다니러 오는 법도 없고, 엽서 한 장 보내주지 않았다. 아무리 무소식이 희소식이라지만 이건 너무한다 싶었다. 훈이가 가 있는 곳은 변변히 봄도 안 거치고 곧장 여름으로 접어들었다기에 여름옷도 우송해 주었고 편지도 부지런히 써 부쳤다. 8월에는 오빠와 올케의 제사가 며칠 건너로 있어서 이번만은 상경하겠지 싶으면서도 미심쩍어 미리 전보까지 쳤다. 그러나 훈이는 올라오지 않았다. 어머니는 이럴 수는 없다, 아무래도 무슨 일이 있는 거지로 시작해서 여태껏 꾼 온갖 불길스러운 꿈을 놀라운 기억력으로 주워섬기는 것이었다. 내 여태껏 입에 담기조차 사위스러워 참고 있었다만 지금 생각하니 진작 일러 줄걸 그랬나 보다는 게 어머니의 긴 사설의 결론이기도 했다.

어머니 꿈대로라면 훈이가 불도저에 깔려 암매장이라도 당한 걸 친구 남편인 현장 소장이 감쪽같이 숨기고 있는 것 같았다. 한번 그런 생각이 들자 걷잡을 수가 없었다. 편지가 없는 건 무소식이 희소식으로 돌린다 치더라도 산간벽지에서 도대체 공일날을 뭘로 소일하는 것일까. 다방이나 당구장, 오락실이 그리워서라도 공일마다는 못 오더라도 한 달에 두어 번쯤은 상경해야 배길 텐데 말이다. 대학 사 년과 놀고 있던

5    뇌물.

이 년 동안을 순전히 그런 데만 맴돌며 살았으니까. 의심이 나기 시작하니 한이 없었다. 도대체 온갖 도시적인 것과 훈이를 떼어 놓고 생각하는 것조차 무리였다.

계집애처럼 앞뒤에 라인이 든 야한 빛깔의 와이셔츠에 줄무늬 합섬 바지에, 반짝거리는 구두를 신고 대담하고 권태로운 시선으로 아무나 아무거나 마구 얕잡으며 빙빙 다방에서 당구장으로, 탁구장에서 오락실로 날이 저물면 맥주홀이나 대폿집으로 쏘다니다가 밤늦게 흐느적흐느적 들어와서도 뭐가 미진한지 라디오의 음악 프로를 최대한의 볼륨으로 틀어 온 집안의 정적을 무참히 짓이기던 녀석이 산간벽지의 도로 공사 현장에 어떤 모습으로 있을까가 좀처럼 상상이 안 되었다. 떠나기 전 남대문 시장에서 사 준 염색한 미군 작업복과 워커와 녀석을 아무리 내 상상 속에서 결합을 시켜 보려도 되지를 않았다.

드디어 나는 현장에 찾아가 보기로 결심했다. 떠나기로 한 날 아침부터 비가 억수로 퍼부었다. 그렇다고 미루기도 싫어서 어떻든 강릉행 버스를 탔다. 훈이가 가 있는 영동 고속 도로 현장은 강릉 못 미처 진부(珍富)에서 다시 갈아타야 하는 곳에 있었다. 버스가 서울을 떠나 팔당을 지나 양주, 양평 땅으로 접어들면서 포장도로는 끝나고 시뻘건 흙탕길로 변했다. 게다가 길 오른쪽은 바로 한강 줄기요, 왼쪽은 당장 무너져 내릴 듯한 절벽이었다. 여름내 비가 잦았어서 그런지 흙탕물이 굽이치는 한강 줄기가 제법 망망한 대하로 보였고, 버스가 달리는 길은 너무도 좁고 고르지 못했다. 당장 노반이 무너져 내리며 버스가 한강 물로 거꾸로 박힐 것 같아 엉치가 옴찔옴찔했다. 그래도 버스는 줄기찬 빗발 속을 잘도 달렸다.

문득 나는 만약에 여기서 차 사고로 내가 죽더라도 내가 왜 이 버스를 탔던가가 알려졌으면 좋겠다고 생각했다. 내 고모로서의 지극한 정성이 널리 알려져 신문에 보도되고 그걸 Y건설 사장이 읽게 되고 그러면 훈이를 제격 발령을 내 본사로 끌어올릴지 알 게 뭔가 하는 실로 더럽고 치사한 생각을 했다. 나는 이 더럽고 치사한 공상에 실컷 탐닉했다. 그러고 나서야 내가 죽은 후의 내 아이들을 생각했다. 아마 서너 달쯤 있다가 계모가 생기겠지. 그렇지만 내 아이들은 아무리 생각해도 계모에게 들볶여서 불행해질 아이들이 아니었다. 도리어 계모를 교묘히 들볶고 골탕 먹여 줄 게다. 계모를 지능적으로 불행하게 할 게다. 나는 마치 내가 죽어서 그런 일을 구경하고 있는 것처럼 고소해하기까지 했다. 그러고 보니 나는 내 자식을 조카인 훈이보다 덜 사랑해 키웠는지는 몰라도, 그게 더 잘 키운 건지도 모른다고 생각되었다.

버스가 강원도 지방으로 접어들자 산을 휘감은 비탈길이 많아 헉헉 숨이 차 했지만 그곳은 맑은 날씨여서 훨씬 덜 불안했다. 진부에 닿은 것은 서울을 떠난 지 여섯 시간 만이었다. 거기서 유천리까지 갈 버스를 기다릴 동안의 요기를 하기 위해 국밥집엘 들렀다.

국밥집은 Y건설의 마크가 붙은 초록색 모자를 쓴 남자들로 붐볐다. 현장이 가까우리라는 예감으로 우선 반가웠고 뭔가 가슴이 두근대기도 했다. 그러나 몇 사람을 붙들고 물어도 김훈이라는 측량 기사를 안다는 사람이 없었다. 다만 현장 사무소가 있는 유천리까지는 굳이 버스를 기다릴 거 없이 택시를 타도 오백 원이면 간다는 걸 알 수 있었을 뿐이었다.

진부라는 면 소재지는 거리의 끝에서 끝이 한눈에 들어오는 조그만 고장인데 다방도 서너 군데 되고 중국집, 불고깃집 등 음식점엔 Y건설의 초록 모자, S토건의 빨강 모자 천지였다. 주위의 고속 도로 공사로 활기를 띠고 호경기를 누리고 있는 고장이라는 걸 한눈에 알 수 있었다.

운전수가 내려놓아 준 Y건설 현장 사무소는 엉성한 가건물이었지만 여러 동이 연이어 있어 규모가 컸고, 넓은 광장에는 지프차, 트럭, 덤프트럭, 불도저 같은 차들이 멎어 있고 파란 모자를 쓴 사람들이 웅성거려 활기에 차 보였다. 다행히 김훈이를 알고 있는 사람을 단박에 만날 수 있었다. 몇십 리 밖 현장에 나가 있지만 곧 돌아올 시간이니 기다려 보라고 했다. 저녁때라 트럭이 현장으로부터 파란 모자에 작업복을 입은 사람들을 가득 실어다간 너른 마당에 쏟아 놓았다. 먼지를 뽀얗게 쓴 사람들이 앞개울에서 세수 먼저 하곤 곧장 식당이라 쓴 곳으로 들어갔다.

저만치 한여름의 옥수수밭이 짙푸르고, 마을의 집들은 온통 약속이나 한 듯이 주황 아니면 빨간 지붕을 이고 있었다. 나는 이런 독한 원색의 대결에 피로감과 혐오감을 함께 느꼈다. 그러나 첩첩한 산들은 전나무가 무성하고 저 멀리 오대산의 산봉우리들은 웅장했고, 곳곳에 맑은 시냇물이 흐르고 있어 그 소리가 귀에 상쾌했다.

이제나저제나 훈이를 실은 차가 들어오기만을 기다리는데 전연 훈이 같지 않은 젊은이가 나에게 "고모." 하면서 다가왔다. 훈이는 그동안 몰라보게 살이 빠진 데다가 머리와 눈썹이 뽀얗게 보일 만큼 흙먼지를 뒤집어쓰고 있어 못 알아봤던 것이다. 나는 훈이를 확인하자 반가움과 노여움이 뒤죽박죽된 격정으로 목이 메었다.

"망할 녀석, 이렇게 잘 있으면서 어쩌면 엽서 한 장이 없니?"

훈이는 아무런 대꾸도 안 하고 앞장서서 개울로 갔다. 세수를 하곤 꽁무니에서 꾀죄죄한 타월을 떼다가 얼굴을 북북 문질렀다. 타월에서 너무 역한 쉰내가 나서 나는 얼굴을 찡그렸다. 훈이가 뜻 모를 웃음을 희미하게 웃었다. 이제야 제 살갗을 드러낸 얼굴은 옹기그릇처럼 암갈색의 광택이 났고, 드러난 이빨만이 징그럽도록 선명하게 희었다.

"어디로 좀 가자꾸나."

"주임한테 얘기하고."

"아직도 퇴근 시간 안 됐니? 7시가 넘었는데."

"밤일이 있어."

"뭐 밤에도 측량을 다녀?"

"밤일은 측량이 아니라 제도(製圖)야."

그러고는 터벅터벅 사무실로 들어갔다. 한참 만에 나오더니 말없이 앞장을 섰다.

"저녁을 어디서 먹는다지? 네 하숙집에 가서 닭이나 한 마리 잡아 달래 먹으면 안 될까?"

"진부까지 나가서 먹지 뭐."

"진부에 특별히 음식 잘하는 집이라도 있니?"

"아뇨. 그냥 진부까지 나가 보고파서."

할 수 없이 다시 진부로 나왔다. 손바닥만 한 진부의 야경에 훈이가 사뭇 휘황해하고 흥분까지 하고 있다는 걸 알 수 있었다.

"너는 이까짓 데도 자주 나와 보지 못한 게로구나. 낮에 보니 너희 회사 사람들이 널렸더라만."

"그런 사람들은 기술직이 아냐. 관리직이나 그 밖에도 빈 들댈 수 있는 직종이야 수두룩하니까."

"그까짓 공사판에도?"

"네, 그까짓 공사판에도요."

녀석이 갑자기 씹어뱉듯이 말했다. 그리고 말없이 불고깃집으로 들어갔다. 한증막처럼 후텁지근한 속 여기저기서 지글대는 고기 냄새에 나는 구역질을 느꼈다. 그러나 훈이는 땀을 뻘뻘 흘리면서 무섭게 먹어 댔다. 식성이 까다롭고 소식이던 훈이로만 알고 있던 나는 무참한 느낌으로 이런 왕성한 식욕을 지켜봤다.

"하숙집 식사가 안 좋은가 보지."

"하숙집에선 잠만 자고 식사는 회사 식당에서 하는걸."

"그래, 그럼 식사는 거저겠네?"

"거저가 뭐야, 봉급에서 꼬박꼬박 제해."

"봉급은 얼마나 받는데?"

실상은 가장 궁금했던 걸 이제야 자연스럽게 물었다.

"거진 한 삼만 원 되지만 식비 빼고 하숙비 주고 나면 몇천 원 떨어질까 말까야. 가끔 소주 파티에 빠질 수도 없고, 그재미도 없인 정말 못 참아 내겠는걸 뭐. 집에다 돈 부쳐 달란 소리 안 하는 것만도 내 딴엔 큰 안간힘이라구."

"그래 회사 식당 식사가 먹을 만하니."

"기똥차지, 기똥차. 그거 얻어먹고 폴대 메고 하루 몇십 리씩 산골을 누비는 나도 기똥차구."

말 안 해도 그 지칠 줄 모르는 식욕과 게걸스러운 먹음새만 봐도 알 만했다.

"하여튼 짜식들 사람 부리는 솜씨 또한 기똥차게 악랄하다구. 아침 7시서부터 폴대 메고 헤맬 데 안 헤맬 데 다 헤매 다 기진맥진 돌아온 놈에게 그 지독한 저녁을 멕이곤 또 밤 일을 시켜 가면서도 주임에, 과장에, 소장에 번갈아 가며 연 방 공갈을 친다구. 뭐 우리 공구의 공사 진척이 제일 늦는다 나. 하루 공사가 늦으면 어느 만큼 회사에 손해를 끼친다는 기맥힌 계산을 그분들한테 들으면 봉급이 적다든가 식사가 형편없다든가 하는 불평은커녕 회사에 큰 손해를 끼치고 있 는 죄인이라는 생각이 먼저 들어 기를 못 펴게 되니 더러워 서……."

엄청난 양의 불고기를 먹어 치운 훈이는 커피도 먹고 싶 다고 다방엘 가자고 했다. 다방에는 Y건설 패거리가 텔레비 전을 둘러싼 앞자리에 앉아서 마담에 레지까지 불러다가 잡 담을 하고 있었다. 훈이도 그중 몇과는 인사를 나누었으나 가 서 끼지는 않았다. 잔뜩 찡그리고 커피를 훌쩍 들이켜더니 오 나가나 저치들 꼴 보기 싫어 기분 잡친다고 빨리 가자고 했다.

훈이의 하숙방은 협소하고 더러웠다. 벗어만 놓고 빨지 않은 옷가지들이 여기저기 걸레 뭉치처럼 쌓여 가지곤 시척 지근하고도 고릿한 야릇한 악취를 풍겼다. 그러나 워커를 벗 어 던진 훈이의 발에서 풍기는 악취에다 대면 아무것도 아니 었다. 사람이 빨래 안 하고 청소 안 하면 돼지만도 못한 것 같 았다.

"좀 씻고 자렴."

그러나 씻기는커녕 옷도 안 벗은 채 아무렇게나 쓰러지더 니 코를 골기 시작했다. 나는 나 누울 곳을 마련하기 위해서 도 방을 대강 치워야 했다. 썩은 내 나는 옷가지 사이엔 소주 병, 고등어 통조림 먹다 남은 것, 깡 종류의 과자 부스러기 등이 숨어 있어 악취를 더해 주고 있었다. 활자로 된 거라곤 흔한 주간지 하나 없는 황폐한 방구석이 이 녀석의 황폐한 내부를 들여다보는 것 같아 내 마음은 암담했다.

더위와 악취와 이 생각 저 생각으로 한잠도 못 잔 나는 주인 여자가 일어난 기척을 듣고 따라 일어나 그동안 신세가 많았다고 치하도 하고 자기소개도 했다. 주인 여자는 시골 여자답지 않게 냉담하고 도도하게 "신세 진 거 하나도 없습니다." 했다. 같은 말이라도 아 다르고 어 다르다고 이건 겸사의 말이 아닌, 돈 받고 하숙 치는 관계일 뿐 신세를 주고받는 관계가 아님을 강조하는 말투였다.

나는 더욱 훈이가 안쓰러워지면서 자꾸 마음이 약해지고 있었다. 우선 산더미 같은 빨래를 개울로 날랐다. 비누가 없어 한길가 잡화상에 갔더니 생소한 메이커 제품인 생선 비린내가 역한 비누가 한 장에 백 원씩이나 했다. 비누를 사 가지고 와서도 나는 선뜻 빨랫거리를 물에 담그지를 못했다.

훈이가 나를 따라 서울로 가겠다고 할 것은 뻔하고 그렇게 되면 젖은 빨래는 곤란할 것 같아서였다. 실상 나는 그렇게 되길 바라고 있었다. 이대로 나만 떠날 수는 도저히 없었다.

어느 틈에 칫솔을 문 훈이가 내 곁에 와 서 있었다.

"고모 왜 그러고 있어. 빨래가 너무 많아 질린 게지. 대강 땟국이나 빼."

"얘야, 이놈의 고장 참 고약하더라. 글쎄 이 거지 같은 빨랫비누가 백 원이란다."

"고모도, 소주 값이 얼만 줄 알면 더 놀랄걸."

"녀석도 제가 언제 적 모주꾼이라고. 근데 산골 인심이 어째 이 모양이냐."

"관광 붐 때문일 거야. 바로 여기가 오대산 월정사 입구거든. 우리가 뚫는 영동 고속 도로 인터체인지도 이곳에 생길 테고, 돈맛들이 들 대로 들어서 서울 놈 돈 긁어먹으려고 눈에 핏발이 섰다니까. 글쎄 이 옥수수 고장에서 여태껏 옥수수 한 자루를 못 얻어먹어 봤다면 말 다했지 뭐. 돈 주고 사 먹을려면야 먹어 봤겠지만 나도 오기가 있다구, 안 사 먹어. 고모, 나 오늘 농땡이 부리고 말 테니까, 월정사 구경 시켜 줄래. 주임은 고모 온 거 아니까 한번 사바사바해 볼게."

그러곤 꽁무니에 찼던 타월까지 내 빨랫거리에 휙 던져 보태고는 부리나케 현장 사무소 쪽으로 갔다. 이내 옥수수밭에 가려서 모습이 안 보였다. 참 옥수수도 많은 고장이었다. 그러나 훈이가 그거 하나 여태껏 못 얻어먹었다고 생각하니 부아가 부글부글 치솟는 걸 느꼈다.

나는 개울물을 돌로 막고 빨래를 담갔다. 빨래를 하면서 보니 내복과 이불 호청에는 이까지 들끓고 있었다. 세상에 요즈음은 아무리 구더기 밑살같이 사는 집구석이기로서니 이는 없이 살건만 이게 웬일일까. 나는 형편없는 식사와 중노동을 악으로 버틴 훈이를 뜯어먹은 이를 지겹게 눌러 죽이다 못해 한동안 멍하니 앉아 있었다.

"농땡이 잘 안 되겠는데, 고모."

풀이 죽어 돌아온 훈이의 말이었다.

"그까짓 농땡이 칠 거 없다. 같이 가자 서울로. 몸이나 성할 때 일찌거니 집어치우는 게 낫겠다."

"그건 싫어."

"왜 싫어?"

훈이의 싫다는 대답을 나는 전연 예기치 못했으므로 당황

할 수밖에 없었다.

"나는 더 비참해지고 싶어. 그래서 고모나 할머니가 철석같이 믿고 있는 기술이니 정직이니 근면이니 하는 것이 결국엔 어떤 보상이 되어 돌아오나를 똑똑히 확인하고 싶어. 그리고 그걸 고모나 할머니에게 보여 주고 싶어."

"그걸 우리에게 보여서 어쩌겠다는 거야? 그걸로 우리에게 복수라도 하겠다 이 말이냐?"

나는 훈이 말에 무서움증 같은 걸 느꼈기 때문에 흥분해서 악을 쓰며 덤벼들었다.

"고모 그렇게 흥분하지 말아. 나는 다만 고모가 꾸미고, 고모가 애써 된 이 일의 파국을 통해서 고모와 할머니로부터, 그리고 이 나라로부터 순조롭게 놓여날 수 있기를 바라고 있을 뿐이야. 그렇지만 고모, 오해는 마. 내가 파국을 재촉하고 있다고 생각하지는 마. 나는 내 나름으로 이곳에서의 일에 최선을 다하고 있어. 그러노라면 누가 알아, 일이 고모의 당초 계획대로 잘 풀릴지. 나도 어느 만큼은 그쪽도 원하고 있어. 파국만을 원하고 있는 게 아냐."

"그래 참, 잘될 수도 있을 거야. 잘될 여지는 아직도 충분히 있고말고."

나는 별안간 잘될 가능성에 강한 집착을 느끼며 태도를 표변했다.

"그렇지만 고모, 잘되게 하려고 너무 급하게 굴진 마. 와이로 쓰고 빌붙고 하느라 돈 없애고 자존심 상하고 하지 말란 말야. 여기 와 보니 육 개월만 기다리라는 임시직 신세로 삼사 년을 현장으로만 굴러다니는 친구가 수두룩해. 임시직에겐 봉급 조금 주고, 일요일도 없이 부려 먹고, 책임은 없고, 얼마나 좋아, 회사 측으로선 훌륭한 경영 합리화지."

훈이는 버스 정류장까지 나를 배웅했다. 진부까지 나가는 완행버스는 좀처럼 오지 않았다. 그동안 나는 뭔가 훈이에게 이야기해야 될 것 같은 심한 압박감을 느꼈다. 나는 내가 여기까지 오는 동안 길이 나빠 얼마나 고생을 하고 시간을 많이 잡아먹었나를 과장해서 들려주면서 고속 도로가 뚫리면 서울서 강릉까지가 얼마나 가까워지고 편안해지겠느냐, 너는 이런 국토 건설 사업에 이바지하고 있는 걸 자랑으로 삼아야 한다고 이야기했다.

녀석이 구역질 같은 소리로 "웃기네." 했다. 때마침 바캉스 시즌이라 자가용이 연이어 강릉으로, 월정사로 달리면서 우리에게 흙먼지를 뒤집어씌웠다. 훈이도 한몫 참여한 영동 고속 도로가 개통되면 더 많은 자가용과 관광버스가 그 위에서 쾌속을 즐기겠지. 훈이도 그 생각을 하면서 "웃기네." 했을 생각을 하고 나는 내가 한 말에 심한 부끄러움을 느꼈다.

드디어 버스가 오고 나는 그것을 혼자서 탔다. 나는 훈이에게 몇 번이나 돌아가라고 손짓했으나 훈이는 시골 버스가 떠나기까지의 그 지루한 동안을 워커에 뿌리라도 내린 듯이 꼼짝 않고 서 있었다. 나는 그게 보기 싫어 먼 딴 데를 바라보았다. 논의 벼는 비단폭처럼 선연하게 푸르고, 옥수수밭은 비로드처럼 부드럽게 푸르고, 먼 오대산의 연봉의 기상은 웅장하고, 오대산에서 흘러내린 맑은 물이 도처에서 내와 개울을 이루고 있다. 아름다운 고장이다. 이 땅 어디메고 아름답지 않은 곳이 있으랴.

그러나 아직도 얼마나 뿌리 내리기 힘든 고장인가.

훈이가 젖먹이일 적, 그때 그 지랄 같은 전쟁이 지나가면서 이 나라 온 땅이 불모화해 사람들의 삶이 뿌리를 송두리째 뽑아 던지는 걸 본 나이기에, 지레 겁을 먹고 훈이를 이 땅에 뿌리 내리기 쉬운 가장 무난한 품종으로 키우는 데까지 신경을 써 가며 키웠다. 그런데 그게 빗나가고 만 것을 나는 자인했다. 뭐가 잘못된 것일까. 나는 가슴이 답답해서 절로 한숨을 쉬었다. 그러나 후회는 아니었다. 훈이를 키우는 일을 지금부터 다시 시작할 수 있다면 이러이러하게 키우리라는 새로운 방도를 전연 알고 있지 못하니, 후회라기보다는 혼란이었다.

# 부끄러움을 가르칩니다

침침한 조명에 익숙해진 후, 다시 한 번 휘둘러보아도 아는 얼굴은 없다. 내가 제일 먼저 온 모양이다. 콤팩트를 꺼내 얼굴을 비춰 본다. 눈 화장이 암만해도 눈에 거슬린다. 눈을 크고 맑게 보이게 하기는커녕, 잘하면 곱살하게 보일 수도 있을 눈가에 잔주름을 노추(老醜)로 만들어 강조하고 있다. 눈가뿐 아니라 얼굴 전체가 몰라보게 늙어 있다. 연일의 겹친 피로 때문일까?

서울에 이사라고 온 후 갈현동에 임시로 거처를 정하고 집을 사러 다니는 일이 이만저만 고된 일이 아니어서 나는 요새 거의 몸살이 날 지경이었다. 그도 그럴 것이 상계동의 친정에서는 그 근처로 오라고 미리 몇 채 돈봐 놓고 있다니 인사성으로라도 그 근처에 가서 보러 다니는 척 안 할 수 없었고, 수유동의 시집에선 또 이왕 서울로 왔으면 시집 근처에 사는 걸 마땅한 일로 아는 눈치기에 그 근처도 가서 보는 척했다. 그러나 정작 남편의 꿍꿍잇속은 또 달라서 주머니 사정에도 맞고 겉보기도 괜찮은 집을 구하려면 화곡동쯤이 알맞은 걸로 귀

83

뜀을 하니 그쪽도 안 가 볼 수 없고, 그러자니 갈현동에서 상계동으로, 다시 수유동으로, 수유동에서 화곡동으로, 서울 동쪽 변두리에서 서쪽 변두리로, 남쪽 변두리에서 북쪽 변두리로, 중심가는 가로지르기만 하면서 싸다닌 셈이다.

그래 그런지 나는 과연 서울은 크구나 놀라기도 질리기도 했지만, 이곳이 내 고향이구나 하는 그윽한 감회는 전연 없었다. 그야 아무리 서울에서 나서 자랐기로서니 차라리 고향이 없는 것으로 자처할지언정 서울을 고향으로 대접할 사람은 없지만, 나는 그래도 고향으로서의 선명한 영상을 갖고 있었고, 가끔 그림엽서를 꺼내 보듯이 그 영상을 되살리며 향수를 앓았더랬었다.

바퀴가 불안전하게 탈탈거리는 손수레에 피란 보따리와 올망졸망한 어린 동생들을 태우고, 두 살 터울인 남동생과 번갈아 밀며 끌며 돌아다보고 또 돌아다본 폐허의 서울 —— 그땐 하늘이 낮고 부드럽게 흐려 있었고, 눈이 조금씩 조금씩 흩날리기 시작했었고, 폐허 사이에 도괴를 면하고 제법 의젓하게 서 있는 건물들도 창문이란 창문은 화염을 토해 낸 시커먼 그을음 자국으로 아궁이처럼 음험하게 뚫려 있었고, 북으로부터의 포성이 바로 무악재 고개 너머에서 나는 듯 가까웠고, 사람들은 이고 지고 총총히 총총히 이 고장을 등지고 있었다.

아침 느지막이 중학다리 집을 떠나 종로 광교 을지로 입구 남대문까지 우린 너무 느리게 걸었고, 어머니가 이렇게 굼벵이처럼 걷다간 해 안에 한강도 못 건너겠다고 걱정을 하는 바람에 이제부터 앞만 보고 기운 내서 열심히 가야겠다고, 마지막 돌아보는 셈치고 돌아다본 시야에 문득 남대문이 의연히 서 있었다.

눈발을 통해 본 남대문은 일찍이 본 일이 없을 만큼 아름답고 웅장했다. 눈발은 성기고 가늘어서 길엔 아직 쌓이기 전인데 기왓골과 등에만 살짝 쌓여서 기와의 선이 화선지에 먹물로 그은 것처럼 부드럽게 번져 보이는 게 그지없이 정답기도 했지만 전체를 한 덩어리로 볼 땐 산처럼 거대하고 준엄해 내 옹색한 시야를 압도하고 넘쳤다.

나는 이상한 감동으로 가슴이 더워 왔다. 남대문의 미(美)의 극치의 순간을 보는 대가로 이 간난의 피란길이 마련되었다 한들 어찌 거역할 수 있으랴 싶었다. 그건 결코 안이하게 보아질 수는 없는, 꼭 어떤 비통한 희생의 보상이어야 할 것 같은 생각이 들었기 때문이다.

나는 거의 종교적인 경건으로 예배하듯 남대문을 우러르고 돌아서서 남으로 남으로 걸었다. 이상하게도 훨씬 덜 절망스러웠다.

그 후 피란 생활이 맺어 준 인연으로 오늘날까지 계속된 오랜 객지 생활에서도 그때 눈발을 통해 본 남대문의 비장미의 영상은 조금도 퇴색함이 없이, 어머니나 동생들이나 중학동 옛집이나 그 밖의 내 소녀 시절의 앳된 추억이 서린 서울의 어느 곳보다 훨씬 더 강력한 향수의 구심점이 되었다.

그러나 막상 서울로 돌아온 지 달포가 넘는 동안 거의 매일같이 도심을 가로지르면서 남대문을 볼 기회도 많았건만 번번이 딴 데로 한눈을 파느라 놓치고 말았다. 그렇게 서울은 번화하고, 쳐다보고 우러러볼 높은 집도 많았거니와, 차와 사람이 너무 많아 버스에 앉아서도 줄창 조마조마하고 아슬아슬해하기에 정신을 빼앗겼다. 그러는 사이에 남대문에 대한 흥미를 쉽사리 잃어 갔다. 나는 이미 이 고장이 남대문의 정기

85

(精氣) 따위가 지배할 고장이 아니라는 걸, 남대문 따위는 이미 오래전에 이 고장의 새로운 질서에서 소외됐음을 눈치챘기 때문이다.

그것을 눈치채자 이 고장의 희번드르르한 치장 뒤에 감춰진 뒤죽박죽까지 모두 알아 버린 느낌이 들어 버렸다.

그러나 뭐니 뭐니 해도 가장 심한 뒤죽박죽의 상태에 있는 건 나 자신이었다. 바쁜 길을 가다가도 건널목의 신호등에 푸른 불이 켜져 사람들이 일제히 건너는 것을 보면 나는 건널 필요가 없는데도 덩달아 건넜다. 번화가의 횡단보도를, 푸른 신호등을 곧바로 쳐다보며 여러 사람들과 어깨를 나란히 건너는 게 나는 그렇게 떳떳하고 좋을 수가 없었다. 그렇게 건너지 않아야 될 길을 몇 번 덩달아 건너다보면 완전히 방향 감각을 잃고, 그날의 할 일조차 잊고, 촌닭처럼 서투르게 허둥지둥하다가 우두망찰을 했다. 꼭 뭣에 홀린 듯 신나는 분주 끝에 오는 절망적인 우두망찰 — 비단 길을 가다가뿐 아니라 나는 자주 이런 느낌을 경험했다. 서울 살림의 시작만 해도 그렇다.

남편은 꼭 집을 살 듯이 나와 복덕방 영감을 속이다가 하루아침에 전셋집으로 바꾸더니 부랴부랴 이사를 하고는 응접세트다 화장대다 문갑이다 하고 번질번질한 세간들을 사들이는 바람에 전셋집이란 서운함도 잊고 집을 꾸미는 재미에 신바람이 나서 바삐 돌아가다가도, 김포가 지척인 화곡동 특유의 비행기 소리가 유리창이라는 유리창을 들들들 흔들면서 모가지라도 도려낼 듯이 낮게 지나가면 마치 온 집안이 얇은 유리로 되어 있어 당장 박살이 날 듯한 겁에 질렸다가 굉음이 무사히 멀어지면 일손에 맥이 쑥 빠지면서 예의 우두망찰에 빠졌다.

　남편은 촌티 좀 작작 내라고, 그까짓 소리에 정신이 나갈
게 뭐냐고 얕봤지만 남편은 잘못 알고 있었다. 나는 그럴 때
정신이 나가는 게 아니라 드는 느낌이었다. 비행기 소리가 멀
어지고 들들대던 유리창도 멎은 후의 해맑은 정적의 일순, 나
는 우리 살림이 얼마나 어벙한 허구 위에 섰나를 똑똑히 보는
것이었다. 그러나 그런 동안을 오래 갖는 일은 별로 없었다.
남편은 늘 나를 바쁘게 하려 들었다. 나는 늘 허둥지둥해야만
했다. 남편의 성품이 본래 그렇기도 했지만, 서울로 이사를 오
자 한층 의욕이 왕성해져 단박에 떼돈을 벌듯이 설쳐 댔다. 그
의 눈은 의욕 과잉으로 핏발이 서 있었고, 몸은 동에 번쩍, 서
에 번쩍, 한마디로 눈부셨다. 그는 나도 자기의 손발처럼 덩달
아 바쁠 것을 강요했다. 그러나 나는 그게 잘되지를 않았다.
나는 그의 분망을 이해할 수도 없었다.

　9시에 중요한 용건으로 만날 사람이 있으니 서둘러야겠
다고 시계를 골백번도 더 보면서도, 별로 급한 것 같지도 않
은 전화를 몇 통화씩 거는가 하면, 통화 중인 곳에는 욕지거리
를 해 가면서도 끈질기게 돌리다가 9시를 삼십 분도 못 남겨
놓고서야 벼락이 떨어지는 소리를 질러 대면서 옷을 주워 입
고, 내가 골라 주는 넥타이를 마땅찮아 하고, 다시 고른 것도
또 신통찮아 하고, 거듭거듭 그 짓을 하면서 그는 교묘하게 자
기가 이렇게 늦고 만 것이 마치 내 탓인 것처럼 뒤집어씌웠다.
그리고 겨우 고른다는 게 내가 처음 골랐던 것을 다시 고른 것
도 모르고 만족해하다가, 다시 시계를 보고는 불난 집을 뛰쳐
나가듯 곤두박질을 치면서 뛰어나갔다간 오 분도 안 돼서 숨
이 턱에 닿아서 되돌아와서 중요한 서류를 잊고 나갔다고 찾

아내라고 고함을 쳐 댔다. 그럴 때 만약 내가 조금도 당황하지 않고 보관했던 서류를 단박에 첫째 서랍에서 꺼내 주면 도리어 남편은 나를 핀잔주려 들었다. 답답하다느니 안차고 다라지다느니 하면서. 그런 핀잔을 듣지 않으려면 나도 덩달아 "어머머, 큰일 났네. 이 일을 어쩌누. 글쎄 그 서류를 어디 뒀드라. 에구구…… 내 정신이야." 하며 하던 일을 내던지고 뱅뱅 맴을 돌며, 발을 구르며 이 서랍 저 서랍 날쌔게 빼 보고, 말을 안 듣는 서랍을 냅다 빼 동댕이치며, 콩 볶듯이 날뛴 끝에 서류를 찾아내야만 했다.

매사를 이런 투로 그에게 장단을 맞춰야 했다. 난 그게 서툴렀다. 그도 그것을 알고 있어 젠장 서로 장단이 맞아야 뭘 해 먹지 하는 투정을 자주 했다. 나는 늘 피곤했지만 육체적인 노동 끝에 오는 쾌적한 피로가 아니라 불쾌한 조음(噪音)에 맞춰 서투르게 몸을 흔들어댄 것 같은 허망한 피로였고, 몸의 피로라기보다는 마음의 피로였다.

남편은 나가 있는 동안에도 숙제를 내주듯이 나에게 여러 가지 일을 시켰다. 동회나 구청에서 무슨무슨 증명을 떼다 놓으라든가, 어디어디서 전화가 오면 용건을 듣기만 해서 메모해 두라든가, 어디어디서 오는 전화에는 어떻게 대답을 하고, 무슨 말을 물어 오면 어떻게 둘러댈 것 등인데 그것은 거의가 다 거짓말이어서 혹시 잊을까, 혹시 뒤바뀔까 겁도 났고, 남편이 각계각층의 인사를 너무도 많이 알고 있는 것에 놀라기도 했다. 남편의 능란한 허풍은 많은 유명 인사와 유력 인사를 알고 있을 뿐 아니라, 그들과 꾸미는 웅대한 사업의 참모 본부가 바로 화곡동 우리의 전셋집과 전세 전화인 듯한 착각까지를 나에게 일으킴으로써 나를 질리게 했다. 그래서 실제로는 잘

못 걸려 온 전화와 어디서 연락 없었느냐는 남편의 전화 외에는 걸려 오는 전화도 없었는데도 나는 온종일 긴장하여 그 일에 나를 얽맸다. 남편이 없는 낮 동안 전화가 남편 대신 내 상전 노릇을 하는 셈이었다.

나는 우리의 전셋집도 마땅찮았지만 그놈의 전세 전화가 더 싫었다. 그래서 그런지 나는 좀처럼 내 서울 살림에 재미를 붙이지 못했다. 서울 살림이자 한창 깨가 쏟아질 신접살림인데도 말이다. 나는 이 나이에 인제 신접살림이었다. 나는 세 번이나 결혼을 했고, 지금의 남편이 내 세 번째 남편이니까 그럴 수밖에 없었다.

그래도 그 전세 전화 덕분에 이십여 년 만에 돌아온 서울에서 쉽사리 옛 동창들과 연락이 닿은 것이다. 연락이 닿았다기보다는 당했다고 하는 것이 옳겠다. 나는 누구에게 전화번호 한번 대준 적이 없는데도 나를 찾는 전화가 걸려 오기 시작했다.

"어머머…… 정말 너구나. 서울에 아주 왔다며? 어쩌면 서울에 와서도 그렇게 꼼짝 않고 들어앉아 있을 수가 있니. 요런 깍쟁이, 얼마나 보고 싶었다고. 보고 싶다. 보고 싶어."

정말 보고 싶어 죽겠다는 듯이 안달을 떠는 전화가 예서 제서 걸려 오더니, 몇몇이 모여서 나를 만나기로 약속이 된 모양이다. 저희들 멋대로 정한 시일과 장소가 나에게 통고됐다. 나는 옛 동창을 만나는 일이 좀 뜨악하고 좀 귀찮았지만, 만나기가 아주 싫을 것도 없어서 그냥 찧고 까부는 대로 당하고 있을 수밖에 없었다.

나는 보고 싶다는 느낌, 특히 여자 친구끼리 보고 싶다는 느낌을 암만해도 이해할 수 없었다. 되레 남편이 적극적이었다.

"거참 잘됐구려. 오래간만에 나가 바람 좀 쐬고 와요. 사
람은 그저 사람을 많이 알아 놔야 되는 거야. 다 써먹을 데가
있다구. 있구말구. 줄이나 빽이 별건가. 그렇구 그런 거지. 당
신 동창 중에라도 재벌이나 고관 사모님 없으라는 법 없잖아.
하다못해 세리(稅吏) 마누라라도 있어 봐. 그게 어디게."

공연히 흥분해서 눈을 번쩍이고 삿대질까지 했다. 그러곤
엄숙하게 덧붙였다.

"어떡허든 우리도 한밑천 잡아 한번 잘살아 봅시다."

나는 울컥 징그러운 생각이 났다. 그러곤 아아, 아아, 징그
럽다고 생각했다. 내가 남편을 징그럽다고 생각하는 건 아주
나쁜 징조였다. 더 나쁜 것은 숨 가쁘게 아아, 징그럽다고 생
각하는 거였다. 첫 남편과 헤어질 때도 그랬었고, 두 번째 남
편과 헤어질 때도 그랬었다. 남들이 알기로는, 내가 첫 남편과
헤어진 것은 애를 못 낳아서 쫓겨난 것으로, 두 번째 남편과
헤어진 것은 그까짓 일부종사 못 한 팔자 두 번 고치나 세 번
고치나지 하는 팔자 사나운 헌 계집이면 으레 그렇게 하는 빤
한 소행쯤으로 되어 있을 터였다. 내가 겪은 아아 징그럽다는
아무도 모른다.

그럼 나는 이번 남편과도 헤어지게 되려나 싶어 다시 콤
팩트를 꺼내 얼굴을 비춰 본다. 또 한 번 시집을 가기에는 너
무 늙었다는 확인으로 스스로를 겁주기 위해서다. 눈가의 뚜
렷한 늙음보다 차라리 더 짙은 온몸의 피로, 그냥저냥 안정하
고 싶다는 생각이 새삼 간절하다.

콤팩트 뚜껑을 찰카닥 닫는데 화려한 한복 차림의 여자가
두리번거리며 들어선다. 어둑한 다방 안을 저녁노을처럼 물
들일 듯 강렬한 오렌지빛 한복이다. 희숙이었다. 우리는 동시

에 서로를 알아보고 요란한 호들갑을 떨면서 반가워했다. 곧
영미도 왔다. 영미는 말없이 나를 포옹했다. 서양 여자들처럼
그렇게 하는 게 영미에겐 썩 잘 어울렸지만, 당하는 나는 너무
쑥스러워 촌닭처럼 비실비실 어색하게 굴었다.

"예뻐졌다 얘."

"정말 몰라보게 예뻐졌어."

이십여 년 만에 만난 친구라면 우선 눈에 띄는 게 늙음일
게다. 그런데도 그 대목은 살짝 건너뛰어 다만 예뻐졌다고 한
다. 그게 아마 서울식 인산가 보다. 나는 뭐라고 답례를 해야
할지를 모른다. 그냥 나를 시골뜨기처럼 느낄 뿐이다.

"그래, 서울로 아주 왔다며? 잘됐다. 잘됐어. 온 지 얼마나
되지?"

"글쎄 거진 두어 달 됐나 아마⋯⋯."

"뭐 두어 달이나. 그래 그동안 나 보고 싶은 생각이 조금
도 안 나던? 요런 깍쟁이."

영미가 눈을 흘기며 내 넓적다리를 꼬집는다. 영미는 나
하고 단짝이었다. 그러나 나는 그동안 영미를 보고 싶어 해 본
적이 거의 없었고, 이렇게 만나서도 희숙이보다 영미가 더 반
가울 것도 없다. 다방 속은 소음과 담배 연기로 가득 차 있었
다. 우리는 언성을 높여 수다를 떨었다. 희숙이 등지고 앉은
벽에는 고흐의 복사판이 걸려 있다. 하늘은 땅을 향해 무너져
내리고, 땅은 하늘을 향해 삿대질을 하며 끓어오르는 악몽 같
은 그림이었다. 희숙의 오렌지빛 한복은 질 좋은 실크여서 매
무새가 흐르는 듯 아름다웠지만 유감스럽게도 낡은 싸구려
내복이 소맷부리로 넘실대고, 다이아 반지를 낀 손은 거칠고
상스러웠다. 고생고생 하다가 한밑천 잡은 지 얼마 안 되는 남

편을 가진 여편네 티가 더덕더덕 났다. 한밑천 잡는다는 게 바로 저런 거로구나 하는 생각이 들자 입맛이 썼다. 영미의 양장은 수수하고 비교적 세련된 편이었으나, 중년을 넘은 직업여성의 피곤과 싫증 같은 게 짙게 느껴져 오랫동안 맞벌이로 알뜰살뜰 살림을 꾸려 온 티를 숨길 수 없었다.

나는 그것만으로 옛 친구를 다 알아 버린 느낌이었다. 마치 노련한 전당포 주인 영감이 물건을 감정하고 값을 매기듯이 나는 그녀들을 순식간에 감정했고, 흥, 너희들도 별거 아니로구나 하고 값을 매겼고, 나는 내 감정을 추호도 의심치 않았다. 나는 그녀들의 수다에 시들하게 참견하고 시들하게 대꾸했다.

그렇다고 내가 남편의 각본대로 그녀들이 고관이나 재벌의 사모님이었기를 바랐던 것은 아니다. 그냥 내가 한눈에 알아낸 것 이상의 것을 그녀들에게서 알아내고픈 흥미가 전연 일지를 않았다.

"참 네 남편은 뭐하는 사람이냐?"

희숙이가 물었다.

"응, 사업하는 이야."

"사업? 무슨 사업인데."

"일본과 기술 제휴한 전자 회사."

나는 아무렇게나 말했다. 그러나 지금 당장 꾸며 댄 거짓말은 아니었다. 남편이 계획하고 있는 일 중의 하나인 것만은 분명했다. 이를테면 들은풍월이었다.

레지가 커피에 카네이션[6]을 한 방울 뚝 떨어뜨리고 갔다.

6   커피에 타는 연유의 일종.

꼭 콧물만큼 떨어졌다. 나는 흐르지도 않은 콧물을 훌쩍 들이마시고는 찻잔을 들었다.

"그래? 참 이상하다. 난 네 남편이 충청도 토박이 호농이라고 들었는데 언제 사업가가 됐니?"

영미가 야무지게 따지고 들었다.

"너만 이상하니? 나도 이상하다. 내가 알고 있기론 얘 남편이 대학 교수쯤 될 텐데."

희숙이 능구렁이 같은 소리로 능글댔다. 둘의 눈이 같은 목적으로 합세해서 더욱 악랄하게 더욱 짓궂게 빛났다. 그제야 나는 그녀들이 진작부터 내가 세 번씩이나 결혼한 걸 알고 있었다고 깨닫는다. 늦게 그걸 깨달은 게 좀 분했지만 이제라도 깨달은 바에야 뻔뻔히 맞설 수밖에 없었다.

나는 짐짓 재미나 죽겠다는 듯이 손뼉을 치며 웃어 댔다.

"맞았다 맞았어. 너희들 둘 다 맞았어."

"뭐라고?"

"첫 번째 남편은 토박이 시골 부자였고, 두 번째 남편은 지방대 강사였고, 지금 남편은 사업가니, 안 그래?"

"그럼 넌 정말 세 번씩이나 개가를 했단 말이니?"

개가란 참 듣기 싫은 말이다. 그래도 난 개의치 않고 너그럽게 다시 한 번 웃어 주곤

"아니지, 한 번은 어차피 초혼이었을 테니 개가는 두 번이면 족하지."

내가 개가라는 말을 얼마나 멋있게 자랑스럽게 했는지 내 두 친구는 완전히 질린 것 같았다. 나는 내가 이겼다고 생각하면서도 조금도 유쾌하지 않아서 이마를 몹시 찡그렸다.

"너 참 많이 변했구나. 부끄럼도 꽤는 타더니."

영미가 경멸하듯이 말했다. 내 앳된 시절을 말하는가 보다. 요새 여학생들은 그렇지도 않지만 우리 때만 해도 여학생이 수줍어하는 것은 애교요 예절이었다. 그러나 내 경우는 특히 그게 좀 심했던 것 같다.

조그만 실수에도 부끄럽다든가 창피하다든가 하는 생각도 미처 들기 전에 얼굴부터 빨개졌고, 얼굴이 달아오르는 열기를 의식하자 하찮은 일에 큰 죄나 지은 것처럼 얼굴이 빨개지고 마는 내 변변치 못한 성품이 싫고 부끄러워 한층 얼굴이 빨개지면서 엉망으로 쩔쩔맸다. 그렇다고 내 부끄럼은 실수한 경우에만 타는 게 아니었다. 간혹 수학 시험의 최고 득점자로 내 이름을 부를 때도 자랑스러워하기는커녕 내가 얼마나 남들에겐 공부 안 하는 척하느라 학교에선 소설책만 읽다가 집에선 밤을 꼬박 새워 공부했던가가 생각나고, 그래서 내 흉물스러움이 만천하에 폭로된 것이 부끄러워 쥐구멍이라도 있다면 들어갈 듯이 위축됐다. 혹시 내가 쓴 작문을 잘됐다고 선생님이 아이들 앞에서 읽어 주기라도 하면, 저 구절은 어디서 표절한 것, 저 느낌은 어디서 훔쳐 온 것 하고 한 구절 한 구절이 읽을 때마다 나를 찌르는 것 같아 안절부절못했다.

분명히 내 내부에는 유독 부끄러움에 과민한 병적인 감수성이 있어서 나는 늘 그 부분을 까진 피부를 보호하듯 조심조심 보호해야 했다. 그러자니 나는 늘 얌전하고 말썽 안 부리는, 눈에 안 띄는 모범생이었다.

여학교를 미처 졸업하기 전에 난리(6·25)를 만났다. 여름내 남 다 겪는 고생도 겪고 겨울엔 남 다 가는 피란도 갔다.

그 통에 나같이 고생 많이 한 사람이 어디 있겠냐고 나서 봤댔자 엄살밖에 안 되겠지만, 난리 통일수록 무자식 상팔자라는데 우린 너무 아이들이 많았다. 아버지도 안 계신 데다가 내가 맏이니 집에 의지할 장정 식구란 없는 셈이었다.

우리 식구의 생활의 기반은 세(貰)놔 먹던 중학동 넓은 고가밖에 없었는데, 집을 떼메고 갈 재간은커녕 식구 목숨 하나라도 안 빼놓고 이끌고 가기도 힘에 겨워, 반반한 옷가지 하나 제대로 못 가지고 떠난 처지라 곧 식량이 바닥이 났다.

그래도 피란민을 위한 밀가루 무상 배급 같은 게 불규칙하게나마 있어 근근이 연명은 할 수 있었으나 그 무렵에 동생들이 먹고 또 먹어 대는 꼴이라니 영락없이 밑 빠진 가마솥이었다. 먹고 또 먹고도 빼빼 말라서 글겅글겅 온종일 먹을 것에 환장을 해 쌓았다.

어머니와 나는 빈 솥바닥을 득득 소리 나게 긁으며

"난리 통엔 어른은 배곯아 죽고, 애새끼는 배 터져 죽는다더니 맞다 맞아. 우리가 그 꼴 되겠다."

하고 한숨을 쉬었다.

그때부터 어머니는 툭하면 "이 웬수 같은 놈의 새끼들." 하며 아이들을 불문곡직하고 흠뻑 두들겨 패 주는 버릇이 생겼다. "이 웬수야, 뒈져라 뒈져." 하며 정말 전생부터의 원수라도 노려보듯이 아이들을 노려보며 삿대질을 하던 무서운 어머니와, 아이들의 악마구리[7] 끓듯 하던 울음소리를 나는 지금도 끔찍스러운 지옥도의 한 폭으로 생생하게 기억한다.

봄이 오고 나는 동생들과 먹을 만한 풀을 캐러 온종일 들과 산을 주린 짐승처럼 헤매는 게 일과였다. 어느 날 우리는 산 너머 불탄 학교 자리가 있는 샛노란 황무지 같은 들판에 통

7    악마구리. 잘 우는 개구리, 즉 '참개구리'를 이른다.

95

나무를 켜서 늘어놓은 것 같은 콘셋[8]이 들어선 것을 발견했다. 누런 지프차와 트럭이 부릉부릉 빵빵 하는 신나는 소리를 내며 그 근처로 들어오고 나가고 했다. 미군 부대가 주둔한 것이다. 우리는 괜히 신바람이 났다. 갑자기 풀을 캐러 다니는 일이 치사하고 못난 짓 같은 생각이 들었다.

산 너머에 부대가 생겼다는 소문은 빠르게 온 동네로 퍼졌다. 큰 살판이나 난 듯한 이상한 활기가 이 피란민과 원주민이 삼 대 일쯤인 마을에 넘쳤다. 벌써 아이들은 산나물을 넣고 끓인 멀건 수제빗국에다 코를 들이대고 쿵쿵대면서 누르께한 육기(肉氣) 냄새를 맡지 못해 안달을 해 쌓았다.

그러나 먼저 퍼진 것은 육기나 기름기가 아니라 느글느글한 화냥기였다. 마치 항구에 정박한 큰 선박에서 폐유가 흘러나와 항구의 해수를 오염시키듯 이 미군 콘셋에서 흘러나온 수상쩍은 에로티시즘이 단박에 온 마을을 뒤덮었다. 이상한 그림이 나돌고, 계집애들은 엉덩이를 휘젓는 망측한 걸음걸이로 괜히 히죽히죽 웃으며 싸다니고, 아이들까지 혀 꼬부라진 소리를 한두 마디씩 지껄이며 양키만 보면 팔때기를 걷어붙이고 이상한 흉내를 냈다.

때맞춰 야미 퍼머쟁이가 집집마다 찾아다니며 계집애들을 꼬셔서, 머리에 고약한 냄새가 나는 약을 칠하고 돌돌 말아 숯이 든 쇠 집게로 찝어 놓더니 고실고실 볶아 놨다. 그 시절에 한창 유행하던 불퍼머였다. 퍼머하다가 머리통이 군데군데 데는 것쯤은 약과였다.

LAUNDRY니 D.P.니 하는 꼬부랑글씨 간판이 붙은 집까

8    반원형의 군대 막사.

지 생겨났다. 물론 이런 현상은 눈에 띄게 겉에 나타난 현상이고 더 많은 사람들이 조용히 눈살을 찌푸리고, 원주민이라면 과년한 딸을 딴 고장의 친척 집으로 피신을 시키고, 피란민이라면 아예 식구가 몽땅 멀찍이 딴 곳으로 거처를 옮겼다. 그러나 이런 짓은 다 돈푼이나 있는 배부른 사람들 짓이었고 없는 사람들은 살판난 듯이 생기가 나서 도대체 어떤 수를 쓰면 저 껌을 쩌덕쩌덕 씹으며 지프차를 부릉부릉 몰고 다니는 코 큰 사람 호주머니에 든 신기한 달러돈을 끌어낼 수 있을까, 어떡하면 레이션 박스[9] 속에 든 별의별 달고 향기롭고 고소한 것의 맛을 남보다 먼저 보나, 혹시 저 산 너머 부대 철조망 속에서 양키들 시중드는 일자리라도 하나 얻어걸리지 않나 그런 생각만 했다. 어떻든 그런 움직임은 마을을 생기 있게 했다.

돈푼이나 좀 있는 사람이나, 점잖은 체하려는 사람들이 눈살을 찌푸리고 개탄을 하든 말든 아랑곳하지 않았다. 흥, 너희들도 두어 끼 굶어만 보렴, 점잖은 개 부뚜막에 올라간다고 아마 한술 더 뜨면 더 뜰걸 이런 투였다.

타관에서 하나둘 양색시들까지 모여들기 시작하자 이 동네는 점점 기지촌의 면모를 갖추었다. 그러자 불퍼머로 머리를 볶은 처녀들 사이에 급속도로 화장법이 보급되었다. 횟뒷박을 쓰고, 입술을 새빨갛게 칠하고 눈썹을 그리고, 껌을 씹는 아가씨들이 늘어났다. 그래도 아무리 어려운 피란민의 딸들이라도 여염집 처녀가 곧장 양색시가 되는 법은 없었다. 처음엔 그래도 부대 내의 하우스걸이나 웨이트리스니 하는 떳떳한 이름으로 취직이 돼서 들어갔다. 아들 녀석들도 하우스보

9    미군의 전투 식량, 보급품.

이 취직이 꽤 되는 모양이었다.

집집마다 먹는 것에서 누르께하고 느글느글한 냄새가 풍기고 까실하던 살결이 제법 윤기가 돌았다. 우리 집만 여전히 가난했고, 어린 동생들은 문자 그대로 아귀 귀신이 된 것처럼 먹여도 먹여도 허기져 했고, 남 먹는 것만 보면 환장을 하려 들었다.

어머니의 신경질은 하루하루 더해 갔다. 동생들 대신 나를 심히 들볶았다. 어느 날 느닷없이 퍼머쟁이를 데려오더니 나보고도 그 불화로를 뒤집어쓰는 불퍼머를 하라고 종주먹을 댔다. 그러나 아무리 해도 내 고집을 꺾을 수 없게 되자 어머니는 한바탕 욕지거리를 하더니 홧김에 자기의 트레머리를 뚝 끊어 버리더니 불화로를 뒤집어쓰고 머리를 볶았다.

가난과 굶주림으로 가뜩이나 새카맣게 말라비틀어진 얼굴에 고실고실 들고일어나 새둥우리처럼 된 머리가 덮치니 그 꼴이 말이 아니었다. 그것만으로도 넉넉히 비참의 극인데, 어머니는 게다가 화장까지 시작했다. 어디서 분가루랑 입술 연지 토막을 얻어다가 깨진 거울 앞에서 치덕거렸다. 그러곤 낮도깨비처럼 길가를 오락가락했다. 나는 부끄러워할 수조차 없었다. 불쌍한 어머니, 그러나 내가 어떻게 도울 수 있단 말인가.

어느 날 어머니가 발작적으로 울음을 터뜨리더니 가슴을 풀어헤치고 맨살을 드러냈다. 희끗희끗 비늘이 돋은 암갈색의 시들시들한 피부가 늑골을 셀 수 있을 만큼, 가슴에 찰싹 달라붙어 있고 어중간히 매달린 검은 젖꼭지가 몇 년 묵은 대추처럼 초라하니 말라비틀어져 있었다. 어머니는 그 가슴을 손톱으로 박박 할퀴며 푸념을 했다. 누웠던 비늘이 일어서며 흰 줄이 가더니 드디어 붉게 핏기가 솟았다. 끔찍한 모습이었다.

"이년아, 똑똑히 봐 둬라. 이 인정머리 없는 독한 년아. 이 에미 꼬락서니를 봐 두라는 말이다. 어디 양갈보짓이라도 해 먹겠나. 어느 눈먼 양키라도 덴벼야 해 먹지. 아무리 해 먹고 싶어도 이년아, 양갈보짓을 어떻게 혼자 해 먹니. 우리 식군 다 굶어 죽었다, 죽었다. 이 독살스러운 년아, 이 도도한 년아. 한강 물에 배 떠나간 자국 있다던? 이 같잖은 년아."

나는 무서워서 온몸이 오그라드는 것 같았다. 아마 그 순간 내 내부의 부끄러움을 타는 여린 감수성이 영영 두터운 딱지를 붙이고 말았을 게다. 제 딸을 양갈보짓 시키지 못해 눈이 뒤집힌 여자를 어머니로 가진 여자, 그 가슴의 징그러운 젖을 빨고 자란 여자가 어떻게 감히 부끄럽다는 사치스러운 감정을 간직할 수 있을 것인가.

그 후 나는 시집을 갔다. 어린 나이였지만 예전 같으면 애어멈이 되고도 남을 나이였다. 양갈보짓 시켜 먹긴 싹수가 노랗고, 열 식구 버는 것보다 한 입 더는 게 낫다는 옛말도 있으니 그까짓 거 후닥닥 치워 버리는 게 어떻겠느냐는 중신에미 말에 어머니는 솔깃했고, 나도 순종했다. 나는 시집가는 것도 양갈보짓 하는 것도 똑같이 싫었지만 그렇게 했다.

그렇다고 내가 시집가는 게 양갈보짓보다 더 도덕적이라고 판단했던 것은 아니다. 나는 양갈보짓을 해서, 딸을 그 짓을 시키지 못해 환장을 한 어머니를 만족시키기도, 누나는 굶건 말건 저희들 배만 채우려는 아귀 귀신 같은 동생들을 부양하기도 싫었다. 나는 내 희생의 덕을 어느 누구도 보게 하고 싶지 않았다.

나는 시골에서는 부자라고 일컬어지는 집에 서른이 넘은

신랑의 후취로 들어갔다. 시골의 호농가라고 서울까지 소문이 난 것은 환도 후에 어머니가 자기 형편이 피자, 어머니다운 허영을 만족시키기 위해 그렇게 풍겼을 뿐, 실상은 중농 정도의 농사를 짓는 집안이었다. 다만 농사꾼 상대로 돈놀이도 하고, 돈 생기는 일이라면 남의 이목 가리지 않고 이것저것 손을 대 농사꾼답지 않게 약게 살면서 착실히 돈푼깨나 주무르는 눈치였다.

낡고 값싼 세간과 장독, 솥뚜껑 등이 온통 기름독에서 빼낸 것처럼 반질반질 윤이 나는 집이었다. 소위 길이 들었다는 그 윤기는 정갈과는 또 다른 느낌으로 나를 압박했다.

신랑은 무식하고 교만했다. 나는 여태껏 자기의 무식과 자기의 돈에 그렇게 자신을 가진 사람을 본 적이 없다. 그는 자기 외의 딴 사람의 삶에 대한 상상력이 철저하게 막혀 있었다.

다행히 전실 애들은 없었으나 층층시하에 시동생 시누이들 시중으로부터 세간의 윤기를 유지시키기 위한 끊임없는 걸레질까지 온갖 드난이 내 것이었다. 그러나 나는 배가 고프지 않아도 되었다. 배가 고프지 않다는 게 얼마나 좋은 일인가. 나는 그것을 알기 때문에 자유에의 가슴 설레는 유혹이나 딴 사람들은 도대체 어떻게 살고 있을까 하는 미칠 듯한 궁금증을 누르고 그 짓을 십 년 동안이나 할 수 있었다. 배불리 먹고 건강했는데도 나는 애기를 낳지 못했다. 그래서 나는 시앗[10]을 보았고 나는 시집을 떠났다. 남의 집에 들어와 애 하나 못 낳는 주제에 시앗 좀 봤다고 시집을 안 사는 년이 그게 어디 성한 년이냐고 시집 식구들은 욕을 했지만 나는 그렇게 했다.

10   남편의 첩.

이혼이란 확실히 결혼보다는 경사스러운 일이 못 되지만 나는 그 일을 내가 선택했고, 내가 생전 처음 어떤 선택을 행사했다는 데 기쁨마저 느꼈다.

둘째 남편인 지방 대학 강사는 실물을 처음 만나기는 친구의 소개를 통해서였지만, 그 사람에 대해서 알기는 미리부터였다. 그는 지방 신문에 칼럼 같은 걸 기고하고 있었는데 나는 그의 글을 몇 개 안 읽고도 쉽사리 그에게 반하고 말았다. 돈이니 명예니 하는 것에 담박하고, 돈이니 명예니와 상관없는 보잘것없는 것들에 따뜻한 시선을 보냄으로써 거기서 자기의 삶을 가꾸고 풍부하게 할 어떤 의미를 찾아낼 줄 아는 사람으로 그를 이해했다. 그것은 내가 겪은 최초의 생생한 경이였다. 또 그의 글에는 구질구질한 소도시 T시에 대한 향토애가 서정시처럼 아름답게 그려져 있어 나는 T시 주변의 농촌에서 겪은 슬픈 일 때문에 도저히 정들 것 같지 않던 T시를 고향처럼 정답게 느끼기도 했다.

소개받은 그는 내가 동경하고 상상하던 것보다 암울하고 이지러진 표정을 하고 있었지만, 그가 상처한 지 얼마 안 된다는 사실 때문에 그 이지러짐조차 가슴이 저릴 만큼 감동스럽게 받아들여졌다.

곧 나는 그에게 열을 올렸다. 나는 꼭 한 번 행복해 보고 싶었다. 나는 엄마를 잃은 불쌍한 그의 어린애들을 사탕과 과자로 매수하고, 눈웃음과 뽀뽀와 모성애의 흉내로써 아침을 떨고 해서 그의 가정에 깊숙이 파고들어 마침내는 그의 아내가 되었다.

그러나 나는 곧 내가 속았다는 걸 알아야 했다. 그는 겁쟁이고 비겁하고 거짓말쟁이였다. 순 엉터리였다. 그의 본심은

돈과 명예에 기갈이 들려 있었고 T시와 T대학 강사 자리를 지긋지긋해하고 있었다. 그는 자기가 이런 곳에서 썩긴 너무 아까운 존재라고 억울해했고, 서울의 일류 대학에서 자기의 명성을 흠모하고 모시러 오지 않는 것에 앙심을 품기도 했다. 그의 명성에 대한 자신이라는 것이 또 사람을 웃겼다. 자기의 전공 공부에는 게으르고 자신도 없는 주제에 잡문 나부랭이나 써 가지고 지방 신문을 통해 매명(賣名)을 부지런히 해 쌓는 것으로 그런 엉뚱한 자만을 갖는 것이다. 더욱 웃기는 것은 그는 그의 글을 통해 결코 도시, 돈, 명예에 대한 그의 절실한 연정을 눈곱만큼도 내비치는 일 없이 늘 신랄한 매도를 일삼는다는 거였다. 도저히 구제할 수 없이 비비 꼬인 남자였다.

그도 나와 결혼한 걸 후회하는 눈치였다. 자기같이 학문밖에 모르는 선비는 유능한 여편네를 얻어야 출셋길이 트이는 건데, 처덕이 더럽게 없어서 맨날 이 꼴이라는 소리를 서슴지 않고 했다. 누구는 부인 덕에 어떻게 영전을, 누구는 처가에서 밀어주어 어떻게 출셋길을 달리는데 난 무슨 놈의 팔자가 어떻게 옴이 붙었기에 재취마저 저런 밥이나 죽일 재주밖에 없는 년이 얻어걸렸는지 모르겠다고 이지러진 얼굴을 더욱 이지러뜨리고 욕을 하기도 했다. 공부는 하기 싫은 주제에 엄마더러 치맛바람 일으켜 일등을 시켜 달라고 생떼를 쓰는 개구쟁이라면 차라리 귀여운 맛이라도 있겠는데 수염이 희끗희끗한 초로의 사나이가 이 꼴이니 정밖에 떨어질 게 없었다.

우린 헤어졌다. 첫 번째 이혼보다 두 번째 이혼은 훨씬 쉬웠다. 정 좀 떨어졌다고 간단히 헤어지고, 그럴 수 있었던 것은 내가 뭐 서양 여자들처럼 애정 생활에 철저해서라기보다는 애가 없었다는 극히 동양적인 이유에서였는지 모른다.

세 번째 남편은 T시에선 돈 좀 번 것으로 소문난 장사꾼
이었다. 상처하고 십여 년을 후취를 맞지 않고, 남매를 키워
출가시키고 비로소 후칫감을 물색한다는 데 우선 호감이 갔
다. 나는 전실 애를 거느린다는 일이 결코 쉽지 않다는 걸 두
번째 결혼을 통해 알고 있었고, 애를 낳을 자신도 없었으므로
더 바랄 것 없는 좋은 혼처였다. 삼세번에 득한다는 옛말대로
나는 세 번째 결혼은 꼭 성공하고 싶었다. 그가 장사꾼이란 것
도 마음에 들었다. 이윤을 추구하는 게 떳떳한 본분이니 대학
강사님 같은 위선은 필요 없을 게 아닌가. 과연 그는 그의 철
저한 배금(拜金)주의를 조금도 위장하려 들지 않았다. "한밑천
잡아 잘살아 보자." 그의 동분서주는 이 한마디에 요약됐다.


　　"경희도 이리로 나오기로 했는데 어쩐 일일까?"

　　희숙이 하품을 하며 시계를 보았다.

　　"경희?"

　　"왜 경희 몰라? 얼굴이 이쁘고 송곳니가 하나 덧니고, 너
처럼 부끄럼을 유별나게 타던 애 말야. 웃을 땐 덧니가 부끄러
워 손으로 가리는 버릇이 있었지. 총각 선생이 뭘 물으면 얼굴
이 홍당무가 돼서 엉뚱한 대답을 해서 별별 소문을 다 뿌리던
애 말야."

　　"걘 여전하단다. 여전히 젊고 여전히 이쁘고 부끄럼 잘 타
고, 시집을 잘 가서 고생을 몰라서 그런지 무슨 애가 고대로
야."

　　나는 느닷없이 경희에게 강한 적개심을 느꼈다. 오랜만에
느껴 보는 격하고 싱싱한 느낌이었다. 빨리 보고 싶었다. 경희
를, 부끄럼 타는 경희를 보고 싶었다. 나는 마치 경희가 이 세

상의 부끄럼 타는 마지막 인간이라도 되는 듯이, 지금이 바로 그 사라져 가는 표정을 봐 둘 마지막 기회라도 되는 듯이 초조했다.

"왜 이렇게 안 올까? 집으로 전화 연락 좀 안 될까."

전화를 걸고 돌아온 영미가 약간 아니꼬운 듯이 입을 비죽대며

"저희 집으로 다들 오란다. 뭐 귀한 손님이 오셔서 못 나왔다나. 귀한 손님이라야 뻔하지. 와이로 가져온 손님일 거야. 가자, 가서 점심이나 얻어먹자. 걔 속셈 뻔하지 뭐. 아마 저 잘사는 거 자랑시키려고 그러는 걸 거야."

누구라면 알 만한 고위층에 속하는 남편을 가졌다는 경희는 그 나름으로 선망과 질투의 대상인 성싶었다. 그러나 한남동 경희네가 가까워지자 희숙과 영미의 태도는 묘하게 나를 적대시하는 방향으로 변하고 있었다. 경희가 얼마나 으리으리하게 잘사는가를 입에 거품을 물고 세세히 열거하면서 내 반응을 빤히 관찰하는 걸 알 수 있었다. 아마 경희네 사는 걸 보고 내가 얼마나 놀라고 부러워하나에 따라 내가 사는 형편까지 짐작해 내려는 속셈이 분명했다. 이 친구들은 내가 어느 만큼 사나 그게 궁금할 텐데 아마 아직 그걸 추리해 내지 못한 모양이다. 하긴 이 친구들이 그걸 알 리 없다. 나도 모르는 일이니까. 나는 아직 내 남편이 부자지, 빈털터린지, 빚덩어린지 그걸 도무지 모르겠다. 사람들은 만나면 친구끼린건 친척끼리건 우선 상대방의 그것부터 알고 싶어 하는데 나는 내 남편의 그것도 모르니 하긴 좀 답답하다.

경희네 집도 컸고 정원도 넓었지만 난 별로 눈부셔하지 않았다. 내 집보다 규모가 크고, 좀 더 희번드르르한데도 어딘

지 내 집과 비슷했다. 편리한 양옥 구조가 다 그렇듯이 그저 그렇고 그랬다. 세간도 그랬다. 하긴 경희네 안방 자개 문갑과 내 집 자개 문갑이 같은 값일 리 없고, 그 문갑 위에 놓인 청자가 우리 집 것과 같은 육백 원짜리 가짜일 리는 만무하다 하겠다. 그러나 경희나 나나 이런 가장집기들에게 약간의 용도와 금전적 가치와 전시 효과 외엔 특별한 심미안이나 애정을 두지 않긴 마찬가지일 테니, 그것들이 무의미하기도 마찬가지일 게 아닌가. 나는 조금도 위축되거나 비실비실하지 않았다. 경희는 품위도 우정도 잃지 않을 한도 내에서 절도 있게 나를 반가워했다. 그러고 나서 남편은 뭐하는 사람이냐고 물었다. 영미가 약간 입을 비죽대며 "뭐 일본과 기술 제휴한 전자 회사 사장이라나 봐." 했다. 곧이어 희숙이 "글쎄 그 사람이 얘 세 번째 남편이래지 뭐니." 하고 덧붙였다.

경희는 정숙한 여자가 못 들을 망측한 소리를 들었다는 듯이 얼굴을 곱게 붉히더니 "계집애두." 하며 손을 입에 대고 웃었다. 덧니가 부끄러워 비롯된, 그녀의 손으로 입 가리고 웃는 버릇은 이제 덧니의 매력까지를 계산하고 있어 세련된 포즈일 뿐이다. 뱅어처럼 가늘고 거의 골격을 느낄 수 없는 유연한 손가락에 커트가 정교한 에메랄드의 침착하고 심오한 녹색이 그녀의 귀부인다운 품위를 한층 더해 주고 있다. 아름다운 포즈였다. 그러나 부끄러움은 아니었다. 노련한 연기자처럼 미적 효과를 충분히 계산한 아름다운 포즈일 뿐이었다. 부끄러움의 알맹이는 퇴화하고 겉껍질만이 포즈로 잔존하고 있을 뿐이었다. 나는 실망과 안도를 동시에 느꼈다.

경희는 내 남편이 한다는 일에 각별한 관심을 보이며 자기가 요새 나가는 일본어 학원에 같이 다니지 않겠느냐고 했다.

"너희 남편이 일본 사람과 교제하려면 네 도움이 많이 필요할걸. 요샌 남편이 출세하려면 뒤에서 여자가 뒷받침을 잘해 줘야 해. 그러니 두말 말고 일본말 좀 배워 둬라. 내가 배우는 거야 그냥 교양 삼아 배우는 거지만 말야."

"너야 어디 일본말만 배웠니. 각 나라 말 다 조금씩 배워 봤잖아."

희숙이가 비굴하게 웃으며 끼어들었다.

"그야 해외 여행할 때마다 그때그때 그 나라 인사말 정도 배워 갖고 간 거지 뭐."

나는 집에 와서 남편에게 비교적 소상히 그날의 얘기를 했다. 만나 본 동창 중 경희 같은 소위 고위층의 부인이 있다는 소리에 남편은 점괘를 맞힌 박수무당처럼 징그럽게 좋아했다.

"거 보라구 내가 뭐랬나. 당신 친구 중에라고 고관의 부인 없으라는 법 있겠느냐고 내가 안 그랬어. 잘됐어. 잘됐어. 뭐? 일본어 학원? 다녀야지, 암 다녀야구말구. 그런 여자하고 같이 다닐 기회 놓치면 안 되지. 그게 다 처세술이라구. 교제술이라는 게 다 그렇구 그런 거지 별건가."

그리고 나선 개화기의 우국지사처럼 자못 엄숙하고 침통해지면서

"아는 것이 힘이라구. 배워야 산다구. 배워서 남 주나."

하고 악을 썼다. 경희의 권유에서라기보다는 남편의 성화에 못 이겨 나는 곧 일어 학원엘 나가게 되었다. 또 다른 이유가 있다면, 만약 또 이혼을 하게 되면, 일본어로 자립의 밑천을 삼아 볼까 하는 생각도 있었다. 요샌 관광 안내원이 괜찮은 직업이라 하지 않나.

일어 학원에서 경희를 만나는 일은 드물었다. 그녀는 중급반이요 나는 초급반인 탓도 있었고, 그녀는 별로 열심스러운 학생이 못 되어서 결석이 잦았다. 간혹 만나더라도 암만해도 강사를 집으로 초빙해야 할까 보다느니, 아무한테도 제가 아무개 부인이라는 발설을 말라느니, 이를테면 자기 신분에 신경을 쓰는 소리나 해서 거리감만 점점 느끼게 했다.

내 일본말은 늘지 않았다. 일제 때 배운 거라 대강은 알아들으니 쉬 익힐 법도 한데 강사인 일녀의 발음에 따라 '오하요'니 '사요나라'니 소리가 도무지 돼 나오지를 않았다.

일어 학원이 있는 종로 일대에는 일어 학원 말고도 학원이 무수히 많았다. 서울 아이들은 보통 학교를 두 군데 이상이나 다니나 보다. 영수 학관, 대입 학원, 고입 학원, 고시 학원, 예비 고사반, 연합 고사반, 모의 고사반, 종합반, 정통 영어반, 공통 수학반, 서울대반, 연고대반, 이대반……. 이 무수한 학원으로 무거운 책가방을 든 학생들이 몰려 들어가고 쏟아져 나오고 했다. 자식을 길러 본 경험이 없는 나는 이들이 은근히 탐나기도 했지만 이들의 반항적인 몸짓과 곧 허물어질 듯한 피곤을 이해할 수 없어 겁도 났다.

어느 날 어디로 가는 길인지 일본인 관광객이 한 떼, 여자 안내원의 뒤를 따라 이 거리를 지나고 있었다. 어느 촌구석에서 왔는지 야박스럽고, 경망스럽고, 교활하고, 게다가 촌티까지 더덕더덕 나는 일본인들에 비하면 우리나라 안내원 여자는 너무 멋쟁이라 개 발에 편자처럼 민망해 보였다. 그녀는 멋쟁이일 뿐 아니라 경제제일주의의 나라의 외화 획득의 역군답게 다부지고 발랄하고 긍지에 차 보였다. 마침 학생들이 쏟아져 나와 관광객과 아무렇게나 뒤섞였다. 그러자 이 안내원 여자는 관광객들 사이를 바느질하듯 누비며 소곤소곤 속삭였다.

"아노 — 미나사마, 고찌라 아따리까라 스리니 고주이 나사이마세." (저 여러분, 이 근처부터 소매치기에 주의하십시오.)

처음엔 나는 왜 내가 그 말뜻을 알아들었을까 하고 무척 무안하게 생각했다. 그러다가 차츰 몸이 더워 오면서 어떤 느낌이 왔다. 아아, 그것은 부끄러움이었다. 그 느낌은 고통스럽게 왔다. 전신이 마비됐던 환자가 어떤 신비한 자극에 의해 감각이 되돌아오는 일이 있다면, 필시 이렇게 고통스럽게 돌아오리라. 그리고 이렇게 환희롭게. 나는 내 부끄러움의 통증을 감수했고, 자랑을 느꼈다.

나는 마치 내 내부에 불이 켜진 듯이 온몸이 붉게 뜨겁게 달아오르는 걸 느꼈다.

내 주위에는 많은 학생들이 출렁이고 그들은 학교에서 배운 것만으론 모자라 ××학원, ○○학관, △△학원 등에서 별의별 지식을 다 배웠을 거다. 그러나 아무도 부끄러움은 안 가르쳤을 거다.

나는 각종 학원의 아크릴 간판의 밀림 사이에 '부끄러움을 가르칩니다', '부끄러움을 가르칩니다'라는 깃발을 펄러덩 펄러덩 훨훨 휘날리고 싶다. 아니, 굳이 깃발이 아니라도 좋다. 조그만 손수건이라도 팔랑팔랑 날려야 할 것 같다. '부끄러움을 가르칩니다', '부끄러움을 가르칩니다'라고. 아아, 꼭 그래야 할 것 같다. 모처럼 돌아온 내 부끄러움이 나만의 것이어서는 안 될 것 같다.

# 사나운 선택

강화길(소설가)

나는 박완서 키드였다. 언제나 그녀를 닮고 싶었다. 그것이 나의 오랜 꿈이었다. 그녀처럼 표현하는 것. 세상을 바라보는 것. 그러니까 그녀처럼 쓰는 것. 사납게, 아주 사납게.

박완서를 읽기 전 내게 소설이란 늘 '이국의 것'이었다. 폭풍의 언덕(Wuthering Heights)에서 정신 나간 연인이 서로를 증오하고 사랑하는 것이었고, 제인이라는 이름의 소녀가 자신의 모든 걸 내놓아야 하는 사랑을 겪는 것이었다. 옛날이야기, 다른 나라 이야기, 기이한 이야기였다. 여전히 그 시절의 독서 경험을 소중하게 생각한다. 그 독서의 시간이 없었다면 소설가가 되고 싶다는 생각을 할 수 없었을 것이다. 하지만 뭔가가 부족했다. 소설가가 되고 싶었기 때문에 뭔가가 부족했다. 왜냐하면 글을 쓰고 싶다는 나의 열망은 직접 만져 볼 수 있을 듯 생생하고 뜨거웠으나, 정작 소설이라는 존재는 죽은 자들이 남긴 명화처럼 현실감이 없었다. 이런 걸 현대에도 할 수 있다고? 직업으로 삼을 수 있다고? 내게 그 일이 가능하다고 말해 주는 사람은 아무도 없었다.

어쩌면 당연한 일이었는데, 나는 열한 살 때까지 한국에서 소설이 쓰이고 있다는 사실을 몰랐다. 생각해 보면 그럴 만한 나이였다. 나는 동화책과 축약판 세계문학전집의 세계에 아직 머물러 있었고, 동시에 졸업하는 중이었다. 그 밖의 세계에 대해서는 나는 아무것도 몰랐다.

그리고 1996년, 텔레비전에서 「미망」이라는 드라마를 방송했다. 그 드라마 제작진의 크레디트가 올라갈 때 '원작 박완서'라는 이름을 봤다. 그 드라마는 개성상인의 일대기를 그린 사극이었고, 때문에 나는 그 작가가 식민지 시기의 사람이리라고, 남자일 거라고도 생각했다. 물론 그 예상은 모두 빗나갔다. 소중한 기억이다. 드라마의 원작을 읽어 보고 싶다는 막연한 생각으로 도서관에서 '박완서'의 책을 신청했는데, 그 모든 예상과 추측이 무너지며 새로운 세계가 펼쳐졌던 바로 그 순간!

잊을 수 없는 기억.

박완서는 살아 있었다. 내가 사는 현대에 소설을 쓰고 있었다. 그리고 여성이었다.

이후 내 독서 경험은 박완서의 책을 읽어 나가는 것으로 채워지기 시작했다. 그러나 나는 겨우 열한 살이었고, 느리게 성장하는 아이였다. 나는 그녀 작품 대부분을 잘 이해하지 못했다. 그녀가 '어떤 이야기'를 다루는 사람인지 어렴풋이나마 짐작할 수 있게 되기까지 아주아주 오랜 시간이 걸렸다. 고백하자면 지금도 진행 중이다. 그러나 이 경험 역시 매우 소중하다. 왜냐하면 '이해하기 위해' 박완서를 계속 읽으며, 나는 매번 깨달았기 때문이다. '자기 이야기를 이렇게도 쓸 수 있구나.' '이런 방식으로 말할 수도 있구나.' '이런 시각으로 볼 수도 있구나.' 그러니까 '쓸 수 있다.'라는 가능성의 깨달음. 그 무한한 경우의 수가 내 앞에 펼쳐졌다. 소설을 쓴다는 것이 현실적으로 느껴지기 시작했다. 나는 박완서에게 처음으로 소설의 언어를 배웠다.

소설을 본격적으로 쓰기 시작하면서, 박완서는 여전히 내게 가장 큰 영향을 미치는 작가로 존재했다. 왜냐하면 그녀를 좋아하지 않는 시선과 대립해야 했기 때문이다. 그녀의 소설이 세련되지 못하고, 예스럽고, 젊고 신선하지 않으며, 세태의 풍속 묘사에 불과하고, 그저 편하게 읽힐 뿐 전혀 아름답지 않은 문장으로 가득하다는 시선과 싸워야 했다. 그건 내 안에 자라나던 그럴싸해지고 싶은 욕망과 싸우는 일이기도 했다. 나도 아름답고 싶었으니까. 그러나 그때마다 나는 나의 진짜 목소리에 졌다. 이 책에 실린 네 편의 단편은 나에게서 매번 승리를 거둔, 내가 가장 좋아하는 소설들이다. 이 네 편을 다시 읽고 분명하게 깨달았다.

어떻게 박완서가 아름답지 않을 수 있단 말인가.

조카를 사랑하는 마음이 결국 자신의 허영을 채워 주기 때문이라는 고모의 고백. 「카메라와 워커」의 통찰은 무시무시하다. 그녀는 조카가 친자식이 아니기 때문에 공사판에 내보낼 수 있었고, 결국 데려오지 못한다. 하지만 그것이 사랑이 아닌가? 그녀는 조카를 사랑한다. 그녀는 조카가 전쟁 통에 죽은 무능력한 오빠처럼 살지 않기를 바란다. 그녀는 조카가 주말에 카메라를 들고 놀러 나가는 삶을 살기를 원한다. 이건 정말 사랑인가? 그 아이가 안정된 삶에서 벗어나지 않기를 바라는 마음. 그러니까, 현재 '나'의 삶을 무너뜨리지 않았으면 하는 마음. 사랑인가? 몰락에 대한 두려움과 불안은 「부끄러움을 가르칩니다」와 「지렁이 울음소리」에도 등장한다. 그녀들은 현재 삶이 너무 안정적이기 때문에 불안해한다. 그래서 그들은 누군가를 만난다. 고등학교 시절 동경했던 남자 선생님, 전혀 그립지 않은 옛 친구들. 그녀들은 그들을 통해 자신의 과거를 되돌아본다. 그리고 현재를 계속 점검한다. 그들이 무엇을 입었고, 무엇을 먹고, 어디에 사는지가 중요할 뿐이다. 과거는 절대 돌아가고 싶지 않은 기억으로 가득하지만, 동시에 현재의 나를 존재하게 했다. 나를 현재에 머무를 수 있게 한다. 그러나 기이하게도, 이 여자들 중 누구에게도 감정 이입을 하기 쉽지 않다. 왜냐하면 그들은 사납기 때문이다. 이기적이고 계산적이며, 타인을 위에서 내려다본다. 매섭게 재단하고 쉽게 경멸한다. 사납다. 정말 사납다. 그들은 세상을 절대 쉽게 받아들이지 않는다. 경계하고 의심하고, 철저하게 선을 긋는다. 자기 자신에게도 마찬가지다. 그럼에도 불구하고 나는 이들의 행보를 따라갈 수 있다. 공감할 수 없다고 해서, 이해할 수 없는 건 아니기 때문이다. 그녀들은 "꼭 한번 행복해보고" 싶다는 생각으로 오직 자기 자신을 위해서만 산다. 사납게 산다. 부끄러움을 잊어버리고, 가족을 잃고, 미워하고, 의심하고 경계하고, 스스로에게 실망할지라도 계속 그렇게 산다. 그렇게 해야 살아남을 수 있기 때문이다. 그리고 죽을 자리를 정할 수 있기 때문이다. 식민지와 전쟁, 가난, 그 끔찍한 세월을 보낸 후 겨우 조금 살 만해졌지만 결국 이 땅을 떠나 버리는 노년의 여성. 「이별의 김포공항」의 주인공은 자신의 '미국행'이 다른 '젊은이들'처럼 꿈과 희망으로 가득하지 않다는 사실을 안다. 그들은 "어디에고 다시 뿌리를 내릴 수 있는 묘목"이지만, 그녀는 "죽은 목숨"이다. 그럼에도 불구하고 그녀는 이 땅을 떠난다. 이 지긋지긋한 생활을, 과거를, 현재를 두고 다른 나라에서의 죽음을 선택한다. "산 채로 자기의 시신을 볼 수 있는 끔찍한 불행"을 선택한다. 왜냐하면 선택할 수 있다는 것이 중요하기 때문이다. 그래서 비록 그 인물들이 끔찍할지라도, 그 선택을 지켜볼 수밖에 없다. 그렇게 만든다. 읽게 하고, 이해하게 하고 계속 지켜보게 만든다. 이 사납고 맹렬한 언어가 대체 어떻게 아름답지 않을 수 있단 말인가. 그래서 나는 지금도 박완서에게서 많은 것을 배우는 중이다. 알고 있다. 나는 아마 그녀에게 도달하지 못할 것이다. 그럼에도 불구하고 나 역시 선택한다. 그것이 내가 배운 첫 번째 언어이기에.

**이별의 김포공항**   1판 1쇄 펴냄 2019년 10월 18일

1판 4쇄 펴냄 2022년 4월 14일


지은이  박완서

발행인  박근섭, 박상준

펴낸곳  (주)민음사


출판등록 1966. 5. 19. 제16-490호

서울시 강남구 도산대로 1길 62(신사동)

강남출판문화센터 5층 06027

대표전화 02-515-2000 팩시밀리 02-515-2007

www.minumsa.com

ISBN  978 89 374 2953 8 04800

ISBN  978 89 374 2900 2 (세트)

* 잘못 만들어진 책은 구입처에서 교환해 드립니다.